KB017497

나만 아무 일도 일어나지 않는다

일러두기

본문에 등장하는 일부 표현(입말, 은어, 비속어 등)은 작가의 의도에 따라 한글맞춤법과 다른 부분이라 해도 그 표현을 살렸습니다.

# 나만
# 아무 일도
# 일어나지 않는다

한설희
지음

그 나이 먹은 당신에게 바치는

일상 공감서

허밍버드
Hummingbird

# 또, 한 살 위에 올라서다

아이러니하게도 이 책의 출간 소식에 제일 깜짝 놀란 건 아마 나일 거다. 처음 이 책을 제안받았을 때 나는 무척이나 혼란스럽고 겁먹은 상태였다. 내 인생이 어디로 흘러가고 있는지 답을 알 수 없었던 그런 때였다. 그냥 나의 일상을, 생각을, 소소한 삶의 이야기를 쓰면 된다던 출판사 관계자분들의 상냥한 미소……. 그 미소에 용기를 내어 나는 덥석 써 보겠노라 했다.

그러나 실상 나의 깊은 속내에는 얄팍한 이기심이 숨어 있었다. 하루하루 내 이야기를 적어 내려가다 보면 갈피를 잡을 수 없는 내 삶이 조금은 정리되지 않을까 하는…….

하지만 여전히 난 아무것도 깨닫지 못하고 겁먹은 채 그대로이다. 왜일까? 정확한 이유는 나도 모르겠다. 어느 날은 날아갈 듯이 가벼운 발걸음으로 출근하기도 했고, 어느 날은 삶의 무게에 짓눌려 이불을 뒤집어쓴 채 울기도 했다. 변한 것도 있고, 변하지 않은 것도 있다. 한 발짝 나아가기도 했고, 물러

서기도 했다. 스무 살 때와 별반 다르지 않은 것 같은데, 그 두 배의 나이가 되고도 그대로인 것 같아 더더욱 겁이 나 움츠러 들었다.

이 책은 '나이를 먹어가는 것'에 관한 지극히 개인적인 이야기다. 행여나 나이 드는 것에 대한 속 시원한 해답이나 교훈, 하다못해 작은 힌트라도 얻기를 바라는 마음에 이 책을 들었다면 미리 사과하고 싶다. 나는 아직도 여전히 어떠한 것도 알아내지 못했다. 그런데 뒤집어 생각해 보면 이런 내 모습에 작은 희망을 품어 볼 수 있지 않을까. 우리는 모두 아무것도 모른 채 이 삶을 살아 내고 있으니까.

누가 그랬던가. 가장 개인적인 것이 가장 보편적인 것이라고. 지극히 개인적인 나의 이야기가 나이 공격에 속수무책이었던 세상의 모든 '그 나이'에게 작은 위로가 되기를 바란다.

마지막으로 이 책 작업과 내 인생에 도움을 준 맥주와 나의 사랑, 나의 엄마 형경옥 여사님(은 원치 않겠지만)께 감사의 마음을 전하고 싶다.

또 한 살을 앞둔 어느 날,
한설희

# 차
# 례

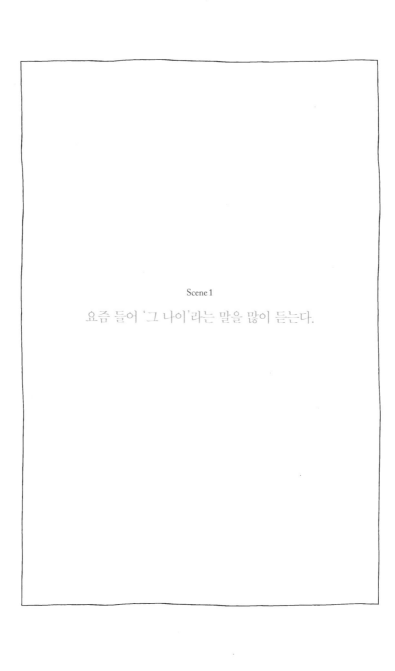

Scene 1

요즘 들어 '그 나이'라는 말을 많이 듣는다.

## 1

요즘 자주 듣는 말,
'그 나이'

"그 나이에 그 옷은 좀 과한데……."

"그 나이에는 아무거나 입으시면 안 돼요~."

"그 나이에 그런 가방은 아닌 거 아시죠?"


요즘 들어 '그 나이'라는 말을 많이 듣는다. 여기에서 '그'는 상당히 위험하고도 곤란한 느낌으로 다가온다. "그 나이에 그렇게 처마시면 골로 가, 이년아!" 하던 선배 K의 주옥같은 충고가 떠올라서 그런지도 모르겠다.

'그 나이'가 되고 나서야 지금까지의 내 인생을 돌이켜본다. 약 40여 년 전, 달리기 잘하던 아빠의 혈기왕성한 정자와 다소 고지식했던 엄마의 난자가 만나 이 세상에 덜컥 나라는 존재가 더해진다. 물론 내 의사와는 상관없이…….

십 대 시절에는 그럭저럭 '귀엽다'는 소리 좀 들으며 나름 전성기를 보냈지만, 사춘기에 접어들면서 부쩍 오른 살과 특출나지 못한 성적으로 인생의 쓴맛을 경험하기도 했다. 어렵사리 입학한 대학에서는 학과 공부보다 더 열정적으로 임했던 '술 공부' 덕분에 이삼십 대를 허송세월하며 사회의 쓰레기가 될 뻔도 했다. 하지만 어쩌다 운 좋게 작가라는 이름을 달고 사회 구성원으로 그럭저럭 살아오다 보니, 어느새 남들이 말하는 '그 나이'가 되어 있었다. 그런데 대체 그 나이가 뭐기에 이렇게 신경 쓰고 조심해야 할 것 투성인지 이해가 안 된다.

화장품 가게에서 그냥 가볍게 바를 립글로스를 집어 들었다 치자. 점원이 다가와 "손님 나이가……" 하고 물어오면 나는 수배자라도 된 양 한껏 목을 움츠린 채 이렇게 대꾸할 것이다.

"76년생인데요……."

그럼 점원은 어김없이 내 손에 들린 립글로스를 상냥하지만 단호한 손길로 빼앗아 간 뒤 "(그 나이라면) 이게 더 잘 어울리실 거예요" 하며 좀 더 비싼 립글로스를 내밀 것이다. 황금빛이 도는 고급스러운 포장의 립글로스로……. 옷 가게를 가도 신발 가게를 가도 가방을 사러 가도 마찬가지다.

사십 대는 마치 이십 대 곱하기 2의 공식이 성립되는 것처럼 '그 나이'가 치러야 할 값은 뭐든지 배가 되기 마련이다. 하지만 더 절망스러운 건 따로 있다. 치러야 할 값은 두 배가 되었는데, 실상 크게 발전한 것 없는 내 모습이다. 그렇게 멀리, 또 높게만 보였던 그 나이가 되었건만 나는 여전히 같은 자리에서 간신히 버티고 있을 뿐이다. 달리다가 넘어져도 그뿐이었던 지난날과 달리, 그 나이에 이른 나는 어떤 결과물을 내놓아야 할 것만 같다. 하지만 내놓을 게 아무것도 없이 빈손으로 서 있는 것 같아 민망하기 그지없다. 마치 새벽녘 어느 커피숍에서 반짝이는 철 지난 크리스마스 장식처럼 처량 맞고 헛헛한 감정이 산통처럼 주기적으로 들이닥쳐 심장과 위 중간 지점 어딘가에서 쓰르라미가 울어대는 기분이다. 카페 창밖 어디선가 스무 살 무렵의 내가 '그 나이'가 돼 버린 나를 슬프고 한심한 눈으로 바라보고 있을 거 같아 자꾸 어두운 창밖을 내다보게 된다.

　나쁜 점은 두 배로 늘고 좋은 점은 두 배로 줄어든 것 같은 '그 나이'를 먹은 지금, 나는 이다지도 불완전한 모습으로 계속 살아가도 되는 것일까? 해결책 없는 고민 끝에 서 있다. 인터넷 타로 점에 기댈 만큼 나약하기 이를 데 없는 하루하루의 연속이지만, 백세 인생으로 치면 아직 반도 못 살았으니 나를 너무 닦달하지 말고 조금 더 지켜봐도 좋지 않을까?

Scene 2

부모님이 결혼 얘길 꺼내지 않기 시작했다.
마치 공포 소설의 첫 단락처럼…….

#2

# 막상 결혼의
# 압박이 사라지면

어느 날부터였을까. 부모님이 결혼 이야기를 꺼내지 않기 시작했다. 처음에는 그냥 단순히 생리 불순처럼 뜸해진 것이려니 했다. 그러던 어느 날, 친구와 통화를 하던 엄마가 나를 두고 이렇게 말하는 게 아닌가.

"꼭 결혼하지 않아도 되지, 뭐~."

이 말을 듣는 순간, 마치 폐경기 선고라도 받은 것처럼 뒷골이 당겨왔다. 결혼을 꼭 해야 된다는 절박함을 끌어안고 살지는 않았지만 부모님까지 내 결혼을 포기하는 건 좀 너무한 거 아닌가? '아니, 왜? 좀 더 기다리고 간절히 바라 달라고요! 네? 엄마?!'

답답한 마음에 미운 일곱 살 아들을 둔 결혼 10년 차 전업주부 친구에게 이런 상황을 하소연했다. 그녀는 날 동정하기는커녕 우울한 표정으로 "결혼? 뭐하려고 하니? 그냥 혼자 살아, 즐기면서"라고 말하는 게 아닌가. 그리고 맥주 캔을 꺼내러 냉장고로 걸어가다가 자기 아들내미가 놀다 던져 놓은 장난감을 밟고는 차마 부모의 입에선 나올 수 없는 욕을 연신 내뱉어 댔다. 절대 결혼하지 말라고, 어차피 지금 결혼해서 애 낳아도 노산이라서 죽어라 고생만 할 테니 결혼할 생각은 절대 하지 말라며 악다구니를 써 댔다.

자기는 결혼식장에서 하얀 드레스를 입고 입이 찢어져라 웃으며 나한테 축의금 30만 원까지 긁어 가더니! 어디 그뿐인가, 자기 아들 돌 때도 금반지 받아 챙기고는 이제 와서 나더러 결혼하지 말라고? '영혼결혼식이라도 해서 나도 뿌린 돈 거두어들여야 할 거 아냐?'라고 외치고 싶었지만 친구 아들내미가 빤히 쳐다봐서 꾹 참고 나올 수밖에 없었다. (나올 때 친구 아들내미한테 만 원도 줬다!)

결혼 적령기를 훌쩍 넘어 부모조차 결혼에서 배제시키

는 나이가 돼 버린 지금, 결혼은 꼭 선택하지 않아도 상관
없는 옵션이 되어버린 걸까? 한껏 의기소침해진 나는 나
와 같은 처지의 후배와 진탕 술을 퍼마시며 "나이 마흔 넘
은 어느 노처녀가 아홉 살 연하남이랑 결혼했다더라" 따
위의 전설 같은 이야기에 희망을 품다가, "옆자리에 앉은
(적어도 우리보다 열 살 이상 어려 보이는) 여자애 치마가 너무
짧지 않냐, 한겨울에 저 무슨 경거망동이란 말이냐!"라며
'진심어린' 걱정도 했다가, 이제 영업 시간 끝났으니 나가
달라는 주인의 요청에 쓸쓸히 술집을 나설 수밖에 없었다.

여러 가지 착잡한 심정으로 말없이 거리를 걷던 우리
눈에 교통사고 목격자를 찾는 현수막이 띄었다. 후배가 입
을 열었다.


"나도 찾고 싶다……."


의아한 내가 물었다.
"뭐? 술 마시다 뭐 잃어버렸어?"

"젊음이요…….

잃어버린 제 젊음을 다시 되찾고 싶네요."


한숨을 내쉬는 후배 옆에서 나도 한마디 했다.


"나도 찾고 싶다……. 우리 엄마 사위!

대체 어디 있는 거라니?"

Scene 3

모공이라니, 모공이라니!

## 3

모공이
열리는 시간

"너 술꾼이지?"

얼마 전 친구 모임에 따라갔다가 피부과에서 일하는 한 언니가 나에게 불쑥 내뱉은 첫마디다. 낯선 사람들 틈이라 아직 맥주 한 잔을 비우기도 전이었기에 더더욱 혼란스러웠다.

내가 술꾼인 걸 어떻게 알았을까? 혹시 어느 술집에서 내 술주정을 목격이라도 한 걸까? 아니면 '신내림'이라도 받은 걸까? 온몸에 소름이 돋아서 맥주 한 잔을 바로 '원샷' 하려다 애써 참으며 어떻게 알았냐고 물었다. 그 언니의 답변은 너무나도 간단하고 명쾌했다.

"술꾼들이 모공이 크걸랑~."

헉, 모공이라니! 모공이라니!!

여백의 미가 넘치는 좀 넙대대한 얼굴이라든가(동양적이라고 우겼던), 있는 듯 없는 듯 사진 찍을 때마다 사라지는 수줍은 콧대라든가(역시 동양적이라 우겼던), 닮은꼴 여자 연예인을 찾을 수 없을 만큼 밋밋한 눈에 대해 고민한 적은 있었지만(그래, 나 동양인이다), 모공이라니! 모공이라니!!

생각지도 못한 모공 공격에 덩달아 동공까지 열릴 수밖에 없었고, 애처로운 상담 끝에 모공이 작아지는 몇 백만 원 상당의 시술을 제안받았더랬다. (안타깝게도 술김에 들어서 시술 이름은 기억나지 않는다.)

———

다음 날 벌겋게 달아오른 얼굴로 깨어나 보니 코트 주머니에는 2차를 계산한 술집 영수증과, 새벽 2시와 3시 사이에 귀가했다는 것을 증명해 주는 택시 영수증, 그리고

라면과 음료수를 산 편의점 영수증이 구겨진 채 사이좋게 들어 있었다.

화장실 거울에 비친 얼굴을 보니 가관도 아니다. 잦은 음주, 불규칙한 취침 시간, 야식까지 3단 콤보를 직격탄으로 맞았으니 오죽할까. 예전에는 피부 좋다는 이야기도 꽤나 들었는데……. 칙칙한 얼굴에 억지로 화장을 하고 출근길에 나서고 보니, 이목구비와 상관없이 뽀얀 피부를 가진 이십 대가 얼마나 예뻐 보이던지 이루 말할 수 없다.

예전 내가 이십 대였을 때 웬 아주머니가 "아가씨 참 예쁘게 생겼네"하며 말을 걸어왔었다. 그때는 '왜 그러지? 내가 이런 말 들을 만큼 예쁜 건 아닌데? 나한테 무슨 사기를 치려고?' 하는 의심 가득한 눈으로 흘깃 돌아보고는 빠른 걸음으로 도망치듯 달아났다.

그때 그 아주머니 심정이 지금에야 비로소 이해가 된다. 아직 나처럼 구겨지고 지치지 않은 저들의 젊음이 너무나 부럽다. 지하철 안 내 앞에 마주앉아 심각한 표정으로 화장을 고치는 이십 대에게 말해 주고 싶다.

"미간 찌푸리며 화장 안 고쳐도 돼.

너 지금 무지하게 예쁘거든?"


나도 저렇게 빛나던 시절이 있었던 걸까? 갑자기 나의
이십 대 시절이 궁금해져 여기저기 뒤적인 끝에 그때 찍은
증명사진을 찾아냈고, 이내 나는 말 그대로 '깜놀'하고 말
았다. 내가 너무 예뻤던 거다! (물론 주관적인 기준이다.) 왜
이렇게 예쁘고 풋풋한 얼굴로 술만 처마시고 다녀서 애꿎
은 모공만 키운 건지……. 남자나 좀 더 실컷 만나고 다닐
것이지! 억울함이 치밀어 올라 그 길로 술을 마시러 나갈
수밖에 없었다. (절대 핑계 아니다.)

우울한 내 표정을 보고 무슨 일 있냐고 묻는 지인들에
게 내 꽃다운 시절의 증명사진을 내보였다.

"이렇게 젊고 풋풋하고 예뻤던 여자는 어디 가고 이렇
게 늙고 피곤하고 지루해 보이는 여자만 남은 거니? 너무
슬프다"라며 푸념을 늘어놓는 나에게 동생뻘 되는 남자애
가 한마디 했다.

"누나, 제가 보기엔 지금의 누나가 더 예뻐요."

술기운에 한 말이든 아랫사람으로서 공경의 의미로 내
뱉은 의미 없는 말이든, '누나'와 '예뻐요'의 2단 콤보에 당
해낼 자 누가 있으랴. 그날 술값을 내가 쏜 건 두말하면 잔
소리겠지.

나이들수록
지갑 열 일 많다고
열받지 말자.

열받으면 모공만
더 열릴 뿐이다.

릴렉스하게
웃으며 사는 게
결국 돈 버는 거다.

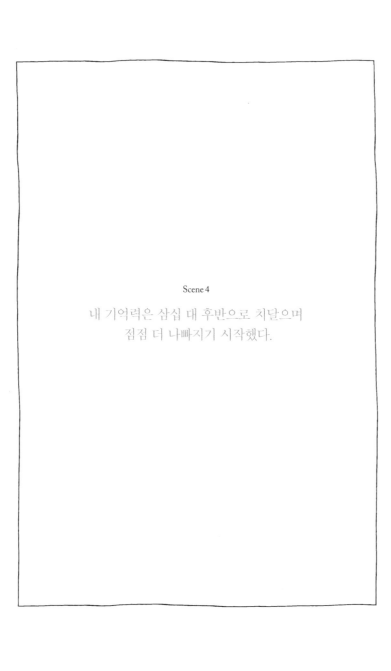

Scene 4

내 기억력은 삼십 대 후반으로 치달으며
점점 더 나빠지기 시작했다.

## 4

# 내 머릿속의
# 지우개

나는 원래 기억력이 좋은 편은 아니다. 한번은 이런 일도 있었다. 방 대청소를 하다가 꽤 괜찮은 대기업 명함을 발견했다. '누구지? 내가 이런 회사에 다니는 남자를 알았던가?' 설렘 반 호기심 반으로 전화를 걸었다.

　　"저기, 방에서 그쪽 명함이 나와서요.
　　혹시 제가 아는 분인가요?"

　　내 질문에 얼마간의 침묵 뒤 날아온 한마디는 이랬다.

　　"너 미쳤나?"

알고 보니 예전에 헤어진 남자 친구의 명함이었다. 그것
도 한두 번 만나다 헤어진 사이도 아닌, 자그마치 1년 가
까이 사귀었던 남자였다. 그런데 이름도, 그가 다녔던 회
사도 깡그리 까먹은 나는 버젓이 전화를 걸어 영화 〈내 머
릿속의 지우개〉의 여주인공 손예진이라도 된 것마냥 "당
신은 누구세요?"를 시전始展했던 거다. 물론 그와 내가 다
시 만나서 사랑하는 일 따위는 벌어지지 않았다. 나에게는
평생 이불킥 날릴 사건 베스트 10에 이름을 올리는 에피
소드로 남았고, 그에게는 내가 '미친 기억력'의 소유자라
는 것만 다시 한 번 일깨워 준 해프닝으로 마무리되었다.

———

더욱 안타까운 건 삼십 대 후반으로 치달으며 그 증상
이 점점 심각해지기 시작했다는 사실이다. 출근하면서 휴
대폰 대신 텔레비전 리모컨을 챙겨 들고 나가는 것은 기본
이요, 엘리베이터에서 1층 버튼 누르는 것을 까먹고 한참
을 선 채 '이놈의 엘리베이터는 왜 이렇게 안 내려가?'라

며 혼자 화내는 일도 종종 벌어졌고, 화장실에 들어갔다가 순간적으로 내가 '일'을 보러 들어왔는지 씻으러 들어왔는지 생각하느라 시간을 허비하는 일도 적잖이 벌어졌다. 급기야 외출하던 중 코트 속에 치마 입는 걸 깜빡했다는 사실을 깨닫고 다시 집으로 뛰쳐 들어오는 일까지 생겼다.

　이쯤 되자 두려워졌다. 마침 겨울이라 코트를 걸쳐 입고 나갔기에 망정이지, 어느 여름 화창한 날(그러니까 코트가 필요 없는 그런 날)에 팬티스타킹 차림으로 출근하게 될까 봐……. 유부녀 친구에게 애 낳고 기억력이 감퇴했다는 이야기를 종종 듣기는 했었다. 하지만 나는 애도 낳지 않았는데 왜 애를 서넛은 낳은 사람마냥 이다지도 기억력이 감퇴하는 걸까? 억울함을 호소하는 나에게 후배는 조심스레 한마디를 던진다.

　"알코올성 치매 아닐까요?"

　"그게 선배한테 할 소리냐?"라고 역정을 내고 싶지만

애써 참아 본다. 그러다 주량을 넘어서자 또다시 울분에 못 이겨 외친다. "결혼한 친구들이야 깜빡깜빡해도 남편이 나 자식이 챙겨 주겠지만 이대로 맥주와 벗하며 늙어가다 혼자 남겨진 나는 누가 챙겨 준단 말인가?"라며 하소연하는 나에게 후배는 다시 조심스레 한마디 한다.

"술을 끊어 보는 게 어떨까요?"

나는 "술을 끊느니 목숨을 끊겠다"며 행패 아닌 행패를 부리던 중, 영업이 끝났다는 종업원의 말에 겸연쩍게 자리에서 일어날 수밖에 없었다. 그런데 계산서에 적힌 맥주병 개수가 뭔가 이상하다. 우리가 마신 것보다 한 병 더 많은 것 같은데? 갸웃하는 나에게 종업원은 테이블 아래에 내려놓은 것까지 빠짐없이 세었다며, '취한 네까짓 게 뭘 아냐'는 표정으로 나를 바라본다. '테이블 밑?' 슬쩍 돌아보니 테이블 밑에 놓여 있는 맥주병은 '하이○'이었다.

"앗, 저희는 하이○ 안 마시는데요? 카○만 마시는데요? 저건 뒤쪽 테이블에서 마신 맥주병 같아요. 봐요, 맞네요! 뒤 테이블 위에 하이○ 병 있잖아요? 그치? (후배는 입구 쪽으로 슬금슬금 이동하며 "네…….") 제 말이 맞다니까요~. 그깟 맥주 한 병 얼마나 한다고 그 값 빼자고 이러겠습니까? 저 그런 사람 아닙니다! 안 그러냐? (전화받는 척하며 가게에서 프레임 아웃되는 후배)

"와, 취한 줄 알고 나한테 사기 치려고 그러네?"

살짝 부아가 치밀어 계산을 마치고 나오는 나에게 후배가 한마디 했다.

"언니, 치매 걱정 안 해도 될 것 같아요. 취해도 술값 계산 똑 부러지게 하는 거 보니……."

---

그래. 맨정신일 때 깜빡하면 어떠리.
술 마시고 제정신 차리면 되는 거지! 그런 의미에서 2차 Go?

$6 \times 8 = 48$
$8 \times 6 = ?$

당장 안 떠오른 사람 손!

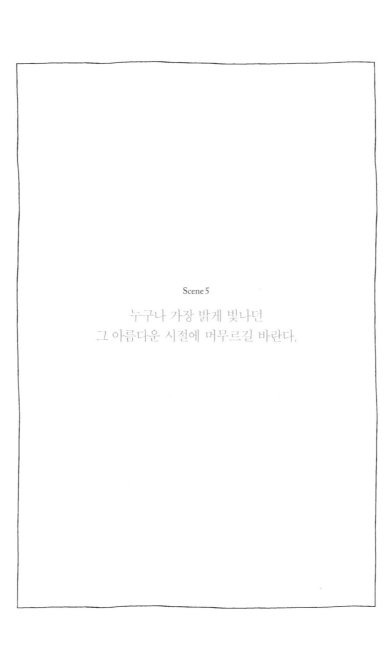

Scene 5

누구나 가장 밝게 빛나던
그 아름다운 시절에 머무르길 바란다.

예뻤네, 나도

#5

누구나 빛나던
시절이 있다

지하철에서 요란한 색상의 모발에 호피 무늬의 짧은 미니스커트, 망사 스타킹까지 야무지게 차려입은 여자를 봤다. 화려한 뒷모습을 보며 여러 생각이 스쳐 지나갔다. '아무리 개성 시대라지만 너무 과한 거 아닌가?' 범상치 않은 모습에 나도 모르게 흘끔거리던 중, 획 하고 돌아선 그녀는 놀랍게도 육십은 더 돼 보였다. 아무리 젊게 보려고 해도 말이다. 지하철 안의 사람들이 나와 비슷한 생각을 하고 있었던 걸까. 그녀가 뒤를 돌아선 순간 당혹감에 술렁이기 시작했다. 하지만 잠시 후 그녀의 행동은 더욱 놀라웠다.

"자기야, 나 보고 싶다고?

기다려~, 가고 있는 중이야~."

다리를 배배 꼬다가 크게 웃어 대기를 반복했다. 사람들의 당혹감은 헛웃음으로 바뀌었고, 여기저기 키득거리는 소리가 들려왔다.

하지만 나는 그런 그녀를 보며 마냥 웃을 수만은 없었다. 엉뚱할지 몰라도 그 순간 문득 내가 좋아했던 브리지트 바르도Brigitte Bardot라는 프랑스 여배우가 떠올랐기 때문이다. 젊었을 때 아름다운 외모로 대중에게 사랑받았지만 시간이 흐를수록 괴팍하게 늙어 가는 그녀를 보며 안타까워했던 마음이 내 눈앞 그녀에게 이입됐다.

아마도 그녀는 젊었을 때 무척이나 아름다운 여자가 아니었을까? 예뻐서 남자들한테 인기 많았던, 그래서 예쁜 게 전부였던 여자……. 젊음의 아름다움이 다였던 그녀에게도 시간은 공평하게 흘렀을 테고, 어느새 가까이 다가온 나이 듦을 받아들이지 못한 게 아닐까.

답답한 마음에 내가 입은 옷을 흘끔 내려다본다. 가슴이 좀 깊게 파인 공주풍의 원피스다. 불과 작년까지만 해도 이질감이 없었는데, 올해 들어 갑작스레 부담스러운 느낌을 피할 수 없는 원피스……. 무척 좋아하는 옷인지라 '내 나이의 앞자리 숫자가 3에서 4로 바뀐 것뿐'이라며 애써 자기 암시를 걸었던 내 자신도 문득 부끄러워졌다. 나 역시 이렇게 한 해 한 해 나이 먹는 걸 부정하고 합리화하다가 예순에도 다소 부담스러운 원피스를 입은 할머니가 되어 있는 것은 아닐까.

누구나 가장 밝게 빛났던 그 아름다운 시절에 머무르길 바란다. 그러나 세월은 우리가 한곳에 머물게 내버려 두지 않는다. 깨닫지 못하는 사이에 조금씩 시간에 떠밀려 가다가 문득 돌아보면 머무르던 그곳이 멀어져 있다는 걸 깨닫기 마련이다.

지하철 문이 열리고 그녀가 내린다. 키득거리는 웃음소리에 그녀가 뒤돌아보지 않길 바란다. 보통 사람이라면 힘겹고 부담스러워서 조금씩 버리고 간 걸 그녀는 기어이 다 짊어지고 가는 것뿐이라고, 그저 그녀다운 삶을 사는 거라고 생각해 본다. 그리고 이제 내가 버릴 것은 무엇인지 곰곰이 되새겨 본다.

누구나 밝게 빛나던
아름다운 시절에 머무르길 바란다.

그러나 세월은 우리가
한곳에 머무르게 내버려 두지 않는다.

Scene 6

"너희들……,
남자랑 결혼하면 무슨 일이 생기는 줄 알아?"

## 6

내게 남은
난자의 수

정확히 초등학교 5학년 때 일이었다. 기억력이 성치 않은 나도 이것만은 또렷이 기억하고 있다. (그만큼 충격적인 일이었다.) 전교생이 무슨 행사를 앞두고 운동장에 삼삼오오 모여 자갈과 잡초 뽑기에 투입되어 있었다. 친한 여자아이 몇몇과 모여 있던 우리는 유난히 어두운 표정의 친구에게 무슨 안 좋은 일이 있냐고 걱정스레 물었다. 아무 일도 아니라며 망설이던 그녀는 우리의 채근에 못 이겨 입을 열었다. 그 입을 통해 흘러나온 이야기는 조규찬의 노래 제목처럼 '믿어지지 않는 얘기'였다.

"너희들……,

남자랑 결혼하면 무슨 일이 생기는 줄 알아?"

그때만 해도 인터넷은커녕 휴대폰조차 없던 시절이었다. 그 말은 곧 어른들이 알 필요 없다고 판단한 정보는 쉽게 접근할 수 없었고 넘쳐흐르는 온갖 유해한 정보로부터 나름 '안전'했다는 걸 의미했다. 한마디로 우리는 순수했다. 그런 그때 우리가 꿈꾸는 결혼이란 좋아하는 남자랑 헤어지기 싫어서 한집에서 살다 보면 어찌어찌해서 자식을 낳아 부모님처럼 비슷하게 살아간다는……, 동화와 현실 그 중간 지점의 상상이 전부였다. 그런데 우연찮게 엄마가 즐겨 보는 여성 잡지를 읽고 온 친구의 입에서 나온 말은 실로 충격적이었다. 한마디로 요약하자면, 그 잡지에는 섹스가 어떻게 이루어지는가에 대한 내용이 담겨 있었던 것이다.

의무적인 성교육을 통해 여자 몸의 난자와 남자 몸의 정자가 만나서 아기가 생긴다는 건 들어 봤어도 그들이 어떻게 만나는지에 대해서는 궁금하지 않았을 뿐더러, 디테일한 설명은 들어본 적이 없던 우리로서는 충격에 휩싸일 수밖에 없었다. 더욱이 잡지에서 읽은 이야기를 알파고

마냥 기계적으로 정확하게 전달하는 그녀의 화법이 우리
를 충격에 빠트리는 데 한몫했으리라. 도무지 믿지 못하는
우리에게 친구는 당시 권위 있는 잡지 이름까지 들먹이며
(《여성중○》이었다.) 하늘에 맹세코 그 잡지에서 읽은 그대
로를 얘기했을 뿐이라며 울먹였다.

"아, 그 잡지! 우리 엄마도 보는 건데? 지난 달 모델은
최명길 아니었나?"

"그게 중요한 게 아니지! 그게 진짜 사실이라고? 섹스
라는 게 그런 거라고? 그럼 우리가 결혼하면 저쪽에 앉아
있는 남자애들이랑 그걸 해야 된다고? 무엇보다…… 우리
부모님도 그걸 했다고? (아니, 하고 있는 중이라고?!)"

의심이 잦아들며 공포가 휘몰아쳐 왔다. 우리 신체의 특
정 부위에 그토록 놀라운 능력과 기능이 숨어 있었다는 걸
처음 깨달은 우리는 뭔지 모를 수치심마저 느끼고 있었다.
잡초와 자갈을 골라내던 손으로 놀란 입을 가린 우리는 동그

랗게 뜬 눈으로 서로를 마주 보며 온갖 탄식을 내뱉기 시작
했다.

"거짓말!"
"말도 안 돼."
"그럴 리 없어."
"잘못 본 거 아니야?"

급기야 맨 처음 이야기를 꺼낸 친구가 느닷없이 미안하
다며 눈물을 흘리자 다들 그 친구를 따라 흐느껴 울기 시
작했다. 그리고 우리는 서로의 손을 굳게 부여잡은 채 평
생 결혼하지 않기로 다짐했다.

———

그래서 결론은 어떻게 되었을까. 그때 모여 있던 친구들
은 죄다 결혼했다. 나만 빼고 말이다. 결혼 안 한다고 울고
불고 할 때는 언제고 떡하니 결혼해서 줄줄이 애 낳고 사는

친구들을 보면, 그때 운동장에서 믿기지 않는 이야기를 듣고 충격받았을 때만큼 놀랍다. 무지했던 소녀들은 여자가 되었고, 여자에서 엄마가 되었다. 나만 빼고 말이다.

어느덧 시간이 흘러 그때 그 초등학교 운동장에서 눈물을 흘리던 나이의 딸이 있어도 어색하지 않을 나이가 되었다. 안타깝게도 주인을 잘못 만난 나의 난자들은 결실을 이루지 못한 채 그저 속절없이 사라져 갈 뿐이다. 평균 폐경기가 48세부터 시작이라던데……. 아, 나에게 남은 난자도 이제 얼마 남지 않았구나. 한탄하는 나에게 내 친구가 말한다.

"몇 개 얼려 놔. 잡지에서 봤는데, 몇 년 안에 인공 자궁도 나온다더라. 혹시 알아? 나중에라도 쓸데가 있을지."

무심히 얘기하던 친구가 나에게 등을 돌리는 순간, 거실에 놓여 있던 여성 잡지로 그녀의 머리를 내려쳤고 그녀는 십여 년 전, 그때 그 운동장의 소녀처럼 엉엉 울어 댔다.

머지 않은 미래에 독신녀들을 위한
난자 보관용 냉장고가 나올까 두렵다.

Scene 7

우리는 가끔 부질없는 얘기를 나누곤 한다.

## 7

# 다시 태어나면
# 누가 되고 싶어?

가끔 굉장히 부질없는 이야기를 나눈다. '다시 태어나면 어떤 타입의 여자로 살고 싶은가'라는 주제로 시작되는, 전혀 이루어질 가능성 없는 이 실없는 주제를 두고 우리는 생각보다 진지하고 치열하게 오랫동안 떠들곤 한다.

**후배 1**　한가인처럼 정말정말정말정말정말 정!말! 청순하게 예쁜 얼굴로 살아 봤으면~.

**후배 2**　요즘 누가 얼굴 보냐? 뭐니 뭐니 해도 스타일이지. 키 크고 늘씬하고 세련된 여자로 살아 보고 싶다. 전지현처럼.

**후배 3**　에이, 여자는 그래도 글래머러스한 게 최고 아닌가. 한채영이나 신민아처럼?

**나**    이것들아! 여자가 얼굴이나 몸매만 예쁘면 다냐!
그것보다 중요한 게 있다는 걸 왜 몰라?!

요즘 노처녀 히스테리까지 알뜰하게 탑재한 내가 호통치
듯 내지르자 후배들은 '우리가 너무 속물이었나……' 짐짓
반성하듯 나를 바라보았고, 나는 진지하게 딱 한마디 했다.

"여자는 목소리도 중요해.
남자 애간장을 녹이는 목소리!
한예슬 목소리 진짜 죽이지 않냐?
난 다음 생이 있다면 한예슬 같은 여자로 태어날 거다!"

다들 아차 싶은 표정으로 선배의 말에 맞장구쳐 준다.
어린 후배들과 이런 얘길 나누다 보니 문득 이런 생각이
들었다. 어리디 어린 후배들은 그렇다 쳐도, 난 왜 마흔 넘
은 이 나이에도 스무 살 때와 똑같이 외모에만 집착하고
있나. 왜 다음 생애에 현명한 여자의 대명사이자 지폐에도

당당히 얼굴을 남긴 신사임당이나 곧은 심지와 기개의 유관순을 닮고 싶다는 의식 따위는 없는 걸까?

어릴 적 천편일률적으로 접했던 공주 시리즈(예쁘니까 왕자들이 모든 걸 해결해 주던) 동화들이 문제였을까, 아니면 내 의지박약이 화근인 걸까, 나에게는 왜 스스로 성공한 여자가 되려는 욕망이 이다지도 없는 걸까. 이름만 대면 알 만한 대작가가 되고픈 자의식보다는 지금의 나보다 좀 더 예뻐지거나, 좀 더 상냥해지거나, 좀 더 멋진 여자가 되어서 그런 나를 보듬어 줄 수 있는 남자를 만나 의지하며 살고 싶은, 소박하다 못해 나약한 '여자로서의' 심지만 남은 거냐 이 말이다!

**싱글 41년 차 그냥 노처녀(나)**　난 말이야. 이 나이쯤 되면 철도 들고 독립적으로 생활하는 어른이 될 줄 알았는데, 아니야. 오히려 스무 살, 서른 살 때보다 나약해졌어.

**결혼 7년 차 심드렁한 친구**　그때보다 늙었는데 나약해지는 건 당연하지 않나. 너 얼굴도 많이 늙었다…….

**싱글 41년 차 발끈한 노처녀(나)**　이년아! 그런 얘기가 아니잖아, 죽을래?!

**결혼 7년 차 '깜놀'한 친구**　알아, 왜 소리는 지르고 그래. 애 깨겠다!

**싱글 41년 차 감정기복 심한 노처녀(나)**　미안, 우울해서 그래. 나이는 나이대로 처먹고, 나 왜 이렇게 한심하니. 너만 해도 직장 생활에 살림에 육아까지, 슈퍼우먼처럼 척척 다 해내는데 나는 내 감정 하나 못 추스르고…….

**결혼 7년 차 어느덧 취한 친구**　슈퍼우먼은 개뿔. 내가 안 하면 누가 하냐? 너도 다 하게 된다, 결혼하면.

**싱글 41년 차 다시 발끈한 노처녀(나)**　결혼이 제일 어렵거든?!

**결혼 7년 차 다시 '깜놀'한 친구**　왜 자꾸 소리는 질러! 애 깼잖아!!

친구는 잠에서 깨 칭얼대는 애를 들쳐 업더니 금세 다시 재운다. 그리고 빈 접시를 치워 들고는 뚝딱 골뱅이무

침을 만들어 내 앞에 내놓는다. 출장 가서 전화한 남편에게는 자려던 참이라고 김희애 뺨치는 메소드 하품 연기까지 한 뒤, 바로 반짝이는 눈빛으로 술을 주거니 받거니 마시는 그녀……. 뭐랄까, 누가 뭐래도 정말 슈퍼우먼 같았다. 지금 이 순간 전지현, 한예슬, 수지가 떼거지로 나타난다 한들 누가 그녀를 이길 수 있을까? 역시 결혼해서 한 남자의 아내이자 어머니가 된 세상의 모든 유부녀들은 위대한 거라고 울컥하려는 순간 그녀가 입을 열었다.

**내 눈엔 슈퍼우먼 친구**    있잖아, 난 다시 태어나면 어떤 여자가 되고 싶은 줄 알아?
**슈퍼우먼에게 감동받은 나**    어떤 여자가 되고 싶은데?
**내 눈엔 슈퍼우먼 친구**    결혼 안 한 여자!

얼결에 슈퍼우먼을 이겼다. 야호…….

비행하는 슈퍼우먼을 보며
우리는
멋있다고 생각한다.

그러나 정작 그녀는
백수 남편과 '중2병'을 맞은
딸내미의 저녁상을
준비하기 위해

마트에서 장 보고
집에 가는 길일지도 모른다.

Scene 8

그들은 지금쯤 누구와
어떤 의미가 되어 지내고 있을까.

## 8

너의
의미

나는 반려묘 미오 씨와 함께 살고 있다. (사람처럼 씨자를 붙이는 게 습관이 들어 버렸다.)

무료 입양으로 인연을 맺게 된 미오 씨는 처음부터 참으로 기구한 운명의 고양이였다. 하필 입양 날, 볼펜에 눈이 찔려 수술을 받았던 것이다. 행여나 다친 고양이를 데려가지 않는다고 할까 봐 미오의 전 집사 아가씨는 걱정스러웠나 보다. 펑펑 울어 대며 회사 기숙사에 들어가게 되어 더는 키울 수 없다는 걸 거듭 강조하며 부디 데려가 주길 간곡히 부탁했다. 그렇게 미오 씨는 내 곁으로 왔다.

정식 명칭은 코리아 쇼트헤어. 한마디로 흔하디흔한 길고양이였던 미오 씨는 다친 눈에 수술까지 한, 아주 작고 연약한 고양이였다. 너무 약한 탓에 어릴 적에는 설사를 자주 해서 병원을 들락거리기 일쑤였고, 조금 커서는 양쪽 귀에 이개혈종(모세혈관이 터져 피가 고이는 현상)이 생겨 두 번이나 수술을 받았다. 중성화 이후, 별 탈 없이 자라나 싶더니 요도에 문제가 생겨 이런저런 검사에 치료도 받았다.

병치레가 잦다 보니 가엾은 생각이 절로 들었다. 내가 굶어도(여지껏 그런 일은 없었으나) 미오 씨만은 배불리 맛있는 걸 먹이겠다는 신념 아래 제법 비싼 사료와 간식을 사주곤 했다. 그 결과, 미오 씨는 8킬로그램의 대형묘로 성장하고야 말았다. 참고로 보통 고양이의 무게는 3킬로그램 남짓이다. 병원에 데려간 어느 날, 병원에 있던 다른 손님이 친구에게 "여기 호랑이만 한 고양이가 있으니 빨리 보러 내려와"라는 전화 통화를 내 귀로 똑똑히 들었을 정도라고 하면 짐작이 되려나.

개는 키워 봤지만 고양이는 처음이었다. 고양이에 대해 무지한 내가 개를 키우듯 해서인지 미오 씨는 '개냥이'가 되고 말았다. 다른 도도한 고양이들과 달리 이름을 부르면 곧잘 내 곁으로 오고, 내 옆에서 팔베개를 하고 자는 걸 좋아했다. 그뿐만이 아니다. 자다 숨쉬기 답답해서 깨어 보면 내 배 위에 올라와 앉아 있기 일쑤였다. 고양이답게 높은 곳을 사뿐히 잘 오른다거나 종이 상자를 좋아하는 습성은 살아 있지만 말이다.

폭신하다 못해 몽글몽글한 살집이며 미성으로 야옹야옹 울어 대는 것이 마치 어린아이 같아서였을까. 노처녀의 심금을 울린 죄로 나는 미오 씨를 격하게 껴안은 뒤 고양이 집사들이 '젤리'라 일컫는 발바닥을 깨물어 댔다. 그럴 때마다 마른하늘에 날벼락이라도 맞은 것처럼 미오 씨는 화들짝 놀라 내 품에서 탈출한 뒤, 먼발치로 도망가 나를 경계하듯 바라보며 원망스레 야옹야옹 울어 대곤 했다.

그런데 이상하게도 그럴 때면 울컥한다. 마치 내 배로 낳은 자식이 어느 날 '중2병'에 걸려서 "엄마 싫어!"라고 외친 뒤 방문을 꽝 닫고 들어가 버리는 느낌이랄까. 괜한 배신감에 모른 척 등 돌리고 한참 있다 슬쩍 뒤돌아보니 심심해진 미오 씨가 어느새 잠들어 있다.

식빵을 구우며(발을 몸통 안쪽으로 밀어 넣고 앉아 있는 고양이들만의 귀여운 자세) 잠든 흔하디흔한 고등어 무늬(흰색과 검은색 줄무늬)의 미오 씨를 보고 있으니 또 요상하게 울컥한다. 문득 '전쟁이나 천재지변이 일어나서 미오 씨와 헤어지게 되면, 과연 수많은 고등어 무늬의 고양이 중에서 나는 미오 씨를 찾을 수 있을까?' 하는 걱정이 들어서다. 갑자기 몰아치는 서러움에 잠든 미오 씨를 으스러질 듯 끌어안다가 피부병 때문에 50원짜리 동전만큼 털이 빠진 목덜미를 발견한다. '아, 맞다! 이 목덜미라면 다른 고양이들 사이에서도 미오 씨를 금방 찾을 수 있겠구나!' 차오르는 기쁨에 핑크색 콧등에 마구 뽀뽀를 해 댔다. 자다가 놀란 미오 씨가 또다시 내 품에서 뛰쳐나가 현관 앞으로 도망간다. 다시 돌아올 기색이 없다…….

---

적적한 나의 공간에 따뜻한 온기를 불어 넣어 주고 심심할 틈 없이 갖가지 생각을 하게 만들어 주는 미오 씨. 그 존재만으로 나는 너무나 행복하지만 과연 미오 씨도 나만

큼 행복할까?

가끔은 창가에 앉아서 물끄러미 밖을 내다보는 미오 씨를 볼 때면 '사랑과 보살핌이라고 생각했던 내 행동들이 미오 씨를 고양이답지 못하게 길들여 버린 건 아닐까?' 하는 염려 섞인 마음에 미안해진다.

미오 씨처럼 나에게 다가왔던 수많은 인연에 대해 생각해 본다. 혼자 온갖 의미를 부여하며 소중히 보듬어 안았다가 상대의 달라진 행동에, 혹은 나 자신의 식어 버린 마음에, 버리기도 했고 내쳐지기도 했었다. 그들은 지금쯤 누구와 어떤 의미가 되어 지내고 있을까. 한때는 원망하기도 그리워하기도 했지만 부디 누군가에게 소중한 사람이 되어 행복하게 지내고 있길 바란다.

Scene 9

인간이란 동물은 원래
너무나 외로운 존재…….

## 9

싱글,
늘 아름다우면 좋으련만

비욘세는 '싱글레이디Single Ladies'라는 노래로 몇백 억은 벌었을 거다. (그 이상일 수도 있고.) 흥겨운 리듬에 맞춰 신나게 춤추는 비욘세를 보면 싱글레이디는 참 신나고 멋진 인생처럼 느껴진다. 그러나 정작 비욘세는 결혼했고 (그것도 엄청나게 돈 많고 성공한 남자랑) 전 세계에 있는 싱글레이디는 뮤직비디오에 등장하는 비욘세만큼 신나는 삶을 살고 있지는 못한 것 같다.

아니 확신한다. 결혼 안 한 거 말고는 부족한 거 없는 대한민국 대표 싱글레이디 김혜수를 보며 "쟤 아직 시집 못 갔다며? 쯔쯧" 혀를 차는 우리 엄마와 이모들을 보면 말이다. (엄마, 이모들! 난 김혜수보다 돈도 없고 예쁘지도 않고 심지어 가슴도 작다고!)

김혜수 걱정까지 하는 친인척과 부모님의 시선이 따갑다 못해 짜증스러워지던 어느 날, 작업실을 얻어 나간다는 명목으로 반¾ 독립을 하게 되었다. 완벽한 독립은 아니었지만 작업실에서 집을 오가며 나름 가족과 분리된 생활을 하려던 것이다.

그렇게 부모님의 잔소리에서 벗어나 나만의 공간인 오피스텔에서 머무는 시간이 길어지면서 나는 '아마추어 독립퍼'에서 '프로 독립퍼'가 되어 갔다. 살림살이가 늘어났고 나만의 리듬으로 생활해 나가며 싱글 라이프를 곧잘 즐기는 듯 보였다.

하지만 그 모든 것은 착각이었다. 적당히 싱글 라이프를 즐기다 결혼으로 이어지리라는 막연한 기대와 계획이 남자 친구와 이별하면서 깨지게 되었다. 그리고 그곳엔 전혀 독립적이지 못한 지치고 늙은 여자만 남아 있을 뿐이었다. 간신히 정신을 차리고 나를 둘러싼 공간을 둘러보았다. 변변한 침대 하나, 소파 하나, 밥솥 하나 사지 못한 바보 같은 내 모습이 그제서야 눈에 들어왔다. 아마도 막연히 그런 것들은 결혼하면 사겠거니 치부하고 미룬 탓이었다.

내 공간에서 가장 비싼 물건이 캣타워(나름 화장실까지 딸린 고양이계의 고급 빌라)라는 걸 깨닫자 평생을 고양이나 키우며 쓸쓸하게 살다가 죽을 팔자는 아닐까 싶어 덜컥 겁이 났다. 캣타워 꼭대기에 올라선 미오 씨가 "그걸 이제 알았어?"라며 대꾸라도 하듯 야옹야옹 울어 댔다.

———

난 늘 생각했다. 성경에는 아담과 이브, 단군 신화에는 환웅과 웅녀처럼 꼭 남녀 짝이 등장하는 이유가 분명 있다고. 인간이라는 동물은 원래 외롭고 또 외롭고 또 너무나 외로운 존재이기에 어떻게든 옆에 누군가 있어야 하기 때문은 아닐까 하고 말이다. 그러므로 난 아직도 내 옆에 아무도 없다는 게 견딜 수 없을 만큼 두려웠다. 싱글 라이프를 살면서도 도무지 이 삶을 지지할 수도, 익숙해질 수도 없을 것만 같았다.

숨 막히는 정적과 고독에서 벗어나고 싶어 그동안 연애

한다고 연락이 뜸했던 친구며 후배들에게 연락을 돌려 미친 듯이 만나고 다니기 시작했다. 연애하는 동안 소홀했던 나를 책망하던 그들은 나의 긴 연애가 별 성과 없이 끝났다는 얘기에 이내 진지한 표정으로 또 다른 사랑이 찾아올 거라며 다독여 주었다. 그 말에 또 감동한 나는 늘 계산서를 집어 들고 그들의 위로에 보답했다.

그렇게 시간을 보낸 뒤 날아온 카드 값에 화들짝 놀라기는 했지만 뇌세포가 터지도록 마신 술 때문인지, 지인들의 위로 덕분인지, 아니면 그저 세월이 약이었던 건지 점차 이별을 받아들이는 단계로 접어들었다.

뭐 아직도 다른 남자를 볼 때마다 전 남자 친구와 비교하고, 가끔은 그 사람의 SNS에 들어가 몰래 둘러보기도 한다. 거기서 잘 먹고 다니는 사진이라도 확인하는 날에는 꼴 보기 싫다는 생각도 들지만, 적어도 술에 취해 전화를 걸지 않는 내가 너무도 대견스럽다.

———

　그래도 나는 여전히 싱글레이디의 삶을 즐기고 있지는
못하다. 다시 한 번 나와 닮은 누군가와 '한 쌍'이 되기를
진심으로 바란다. 물론 혼자인 게 두려워 무조건적인 인연
을 갈구하는 건 아니다. 다시 한 번 말하지만 인간은 원래
외로운 존재이기에…….

에이 씨, 그래! 쿨하게 인정하련다.
고기도 먹어 본 놈이 먹는다고 다시 연애가 하고 싶다.
미친 듯이, 오케이?

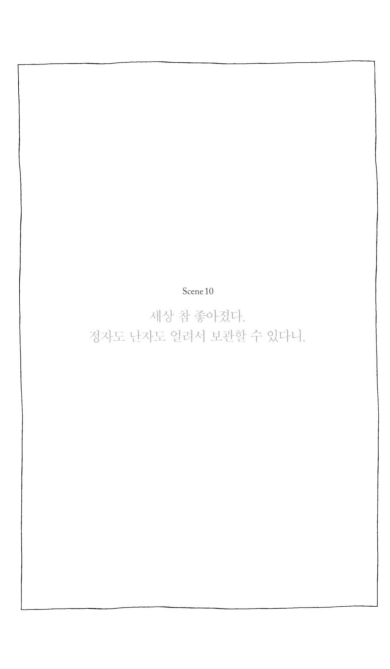

Scene 10

세상 참 좋아졌다.
정자도 난자도 얼려서 보관할 수 있다니.

#10

메로나 옆에
정자

원한다면 수술이나 시술을 통해 좀 더 젊어지고 예뻐질 수 있는 시대다. 그래서 그런 걸까. 길거리를 다니다 보면 여자들 나이가 가늠이 안 될 때가 많다.

어디 그뿐인가. 정자도 난자도 얼려서 보관할 수 있는 세상이란다. 언제든지 원하는 때 아이를 낳을 수 있다는 말이다. 그런데 그것도 내가 배란이 가능한 나이까지지, 더 늙으면 그 역시 불가능한 거 아닌가?

하지만 걱정할 새도 없이 인공 자궁이 개발된다는 뉴스를 들었다. 야호! 이제 내가 아무리 늙어도 마음만 먹으면 아이를 가질 수 있다는 거다. 물론 돈을 많이 벌어 둬야 할 것 같지만…….

어쩌면 가까운 미래에는 대형 마트에서 인종별, 외모별,

학력별로 정자를 나누어 팔지도 모르겠다. 그럼 마트에 들른 나 같은 여자들은 카트를 끌고 가다가 정자를 하나 사는 거다. 그리고 얼려 뒀던 내 난자와 수정시킨 뒤 인공 자궁에 넣어서 아이를 키우는 거지. 그때쯤이면 의학도 발전해서 오십, 육십쯤 된 나이에도 젊어 보일 수 있을 테니 뒤늦은 나이에 아이를 키운다고 할머니 소리 들을 일도 없을 것이다.

그런데 애를 키우다 힘들어지면 어쩌지? 갑자기 '중2병'에 걸린 딸내미, 공부는 또 기막히게 못 해서 과외를 시켜야 하는데 돈은 또 왜 그렇게 많이 드는지……. '아, 그때 외모 보지 말고 서울대 나온 남자의 정자를 살걸! 괜히 모델 정자 샀다가 이 모양 이 꼴이네! 이미 인공 자궁으로 낳아 놓은 자식, 물릴 수도 없는 노릇이고. 이를 어쩐담…….'

후회로 몸부림칠 때 누군가 내 어깨를 툭툭 두드릴 것이다. 깨어나 보면 가상 시뮬레이션으로 아이를 낳아 기르는 체험을 한 나에게 직원은 방긋 웃는 얼굴로 "이래도 아이를 가지시겠습니까?" 하고 물어볼지도 모르겠다. 그럼 난 고개를 가로저으며 다시 집으로 향하겠지. 집에 가는 길에 마트에 들러 정자 코너 옆에 있는 아이스크림을 카트에 담을지도 모르겠다.

할 일 없는 노처녀의 가상 체험. 그냥 이렇게 평생 '심즈' 게임이나 하고 살아야 하는 걸까?

이별을 겪고 너무 힘들 때, 아예 없었던 일로 되돌리는 상상을 한 적이 있다. 처음부터 그 사람을 만나지 않았더라면 어땠을까. 그런데 그렇게 쉽게 리셋되는 게임 같은 인생이라면 가슴에 담을 추억 하나 없겠지. 돌이킬 수 없고, 힘들지만 상처 있는 삶이 그래서 소중한 이유다. 아픈 만큼 성숙해질 수 있으니까.

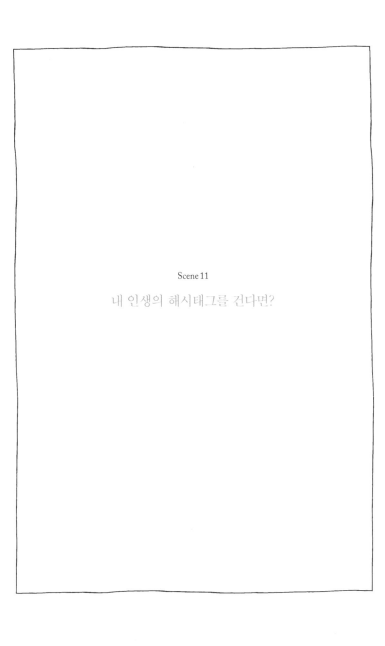

Scene 11

내 인생의 해시태그를 건다면?

## 11

# 늦는다는 것의
미학

내 인생에 해시태그를 건다면 첫 문구는 아마 '지각' 또는 '늦다' 정도가 아닐까. 사소하고 일상적으로 이루어졌던 지각 습관 때문일까. 나는 지금 인생의 궤도를 남들보다 느린 템포로 달리는 기분이다.

    그런데 그중에서도 유독 늦된 부분이 있었으니 그건 바로 '유행'이었다. 내가 남들보다 유행에 한발 뒤처진다는 걸 알아챈 계기는 서태지와 아이들이었다. 주변 친구들이 서태지와 아이들에 열광하며 '난 알아요'를 부를 때 난 귓등으로도 듣지 않았더랬다. 당시만 해도 천편일률적인 행보에 발맞추어 가고 싶지 않은 반골反骨 기질 때문이라고 생각했다. 하지만 정확히 1년 후 난 혼자 팔짱을 낀 채 "난, 알아요~!"를 부르고 있었다.

이런 일은 주기적으로 반복됐다. 이미 다 끝난 복면가왕 '음악대장' 이야기를 꺼내며 혼자 '라젠카'를 듣기 시작했고, 최근에는 드라마 〈시그널〉을 보고 "칙칙~, 이 경장님!"을 외쳐대며 "왜 이렇게 재미있는 드라마를 나 혼자 보지 않았던 거냐!"라며 주위 사람들을 들들 볶아 댔다.

운동 신경 역시 늦돼서 달리기를 할 때도 늘 꼴찌로 남의 뒤통수만 보고 달리던 아이였건만, 생활 패턴마저 늦될 건 또 뭔가! 그래서 남들 다하는 결혼도 못 하고 노처녀로 쓸쓸하게 늙어 가는 처지가 된 것은 아닐까. 몸부터 마음까지 일반적으로 흘러가는 어떤 거대한 흐름에 편승하지 못한 채 왜 홀로 떠도는 걸까. 참으로 기이한 일이 아닐 수 없다.

나라는 인간을 이루는 유전자에 '늦게 움직일 것'이라는 명령어라도 새겨져 있는 것은 아닐까? 그래서 남들은 진로를 고민하던 이십 대에 혼자 맥주를 마셨고, 남들 다 결혼을 고민하던 삼십 대에도 역시 홀로 맥주를 마셨고, 인생의 중대한 고민들을 해야 할 사십 대에 이르러서도 홀로 맥주를 마시고 있는 것은 아닐까…….

뭐든지 때가 있는 법인데 이렇게 남들보다 늦은 템포로 가다가 홀로 남겨지는 것은 아닌지 두려움이 엄습했다. 그동안 놓친 것을 부랴부랴 따라잡으려고 마음먹은 찰나, 생각지도 못 했던 선 자리가 들어왔다. 나이 마흔 줄에 들어온 선 자리에 엄마는 하늘에서 황금 동아줄이라도 내려온 듯 무조건 만나 보라고 등을 떠밀었다.

마음이 너무 앞선 탓이었을까. 남녀평등을 넘어 여성 상위 시대라 일컫는 21세기라지만 선 자리에서 하지 말아야 할 행동을 했다.

그렇다, 만취해서 필름이 끊기고 말았던 것이다. 다음 날 숙취 때문에 일찍 일어난 나는 때늦은 후회에 몸부림치다가 결국 엎질러진 물, 어쩌랴! 체념한다. 바로 그때, 뜻밖에도 선을 본 상대에게 전화가 왔다.

"해장을 하자"고…….

그래서 뭐 어떻게 됐냐고?
나에게는 아직 다 보지 못한 꿀단지 같은 드라마가 열두 편이나 남았고,
그 남자와의 데이트가 기다리고 있다.

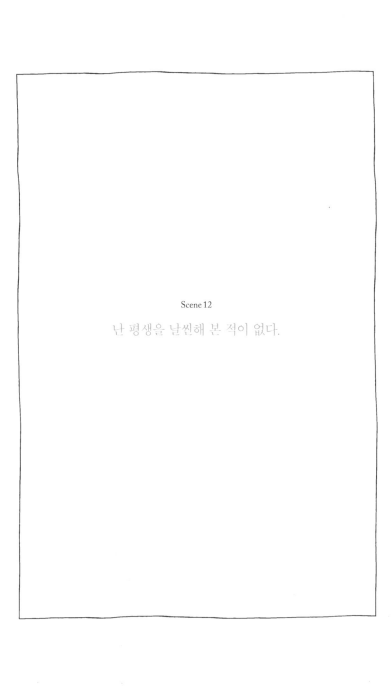

Scene 12

난 평생을 날씬해 본 적이 없다.

## 12

날씬해 본 적 없는
언니의 변辯

난 평생을 날씬해 본 적이 없다. 뭐, 삼십 대 초반까지는 그럭저럭 보기 좋은 통통 과였으나 어느 순간 뚱뚱 과로 넘어오더니 지하철에서는 임산부로 오해한 아주머니에게 자리를 양보당한 적도 있다. 그뿐만이 아니다. 남자 친구랑 놀이공원에 갔다가 "임산부는 탈 수 없습니다"라고 제지를 당한 적도 있다. 그래도 나에게는 평범한 여자라면 웃을 수 없을 그 상황에도 웃어넘길 수 있는 태평함이 있었다. 문제는 그런 나의 나태함을 자양분 삼아 최고 몸무게를 찍고 말았다는 것이다.

분명 며칠 전에 입었던 바지 단추가 잠기지 않았고 속옷 사이즈가 업그레이드됐다. 환호하는 이는 없었지만 신기록 경신하듯 하루가 달리 몸이 불어났다. 살이 찌니 더

더욱 게을러져 꾸미지 않게 되고, 자연스레 자신감이 떨어지니 집 밖에 나가기 꺼려지고, 그러다 보니 할 일 없어 더 먹게 되고…….

악순환이 꾸준히 반복되던 어느 날, 찌뿌둥한 몸을 이끌고 동네 목욕탕에서 때를 밀고 있었다. 이때 갑자기 뒤에서 누군가 나를 와락 끌어안으며 "엄마"라고 하는 것이 아닌가! 화들짝 놀라 돌아보니 생전 처음 보는 아이가 서 있었다. 사태 파악이 되기도 전에 한쪽에서 "엄마 여기 있어!" 하고는 다급한 걸음으로 다가온 한 여성이 아이 손을 낚아채듯 잡아끌고 가 버렸다. 아이는 엄마 손에 이끌려 가면서도 여전히 날 자기 엄마와 헷갈렸던 모양인지 번갈아 바라보며 한마디 했다.

"저 아줌마도 엄마처럼 아가 가진 거야?"

그렇다. 아이 손을 잡아끌고 간 엄마는 만삭의 임산부였던 것이다. 세상에서 그 어떤 누구보다 순수하고 거짓 없는 아이의 눈에 내가 만삭의 아줌마로 보였다는 건 확실히 충격이었다. 차라리 이 세상에 내가 미처 모르는 내 아이가 자라고 있다는 소식이 덜 충격적이었을 것 같다.

그 길로 동네 헬스장을 찾아갔다. 의지박약인 나는 퍼스널 트레이닝을 받아야겠다고 마음먹고 트레이너와 상담을 자처했다. 하지만 막상 잘생긴 트레이너 앞에 서자 지금 당신 앞에 서 있는, 그러니까 얼핏 임산부처럼 보이는 여자가 실은 "결혼도 안 한 처녀라오"라는 말이 입 밖으로 나오지 않았다. 결국 난 결혼 4년 차에 아이가 있는 유부녀로 '신분 세탁'을 한 끝에 헬스장에 가입할 수 있었다.

처음 몇 주간은 충격과 수치심 때문에 나름 꾸준히 운동을 했다. 그 결과, 어느 정도 살이 빠졌으나 어느새 운동을 포기하고 싶은 정체기가 왔다. 5킬로그램이나 뺐는데 티는 안 나지, 막상 살 빠지고 나니 얼굴은 더 늙어 보인다는 소리나 듣지, 기운 없이 러닝머신 위를 걸으며 텔레비전을 보는데 마침 시원하게 '치맥' 먹는 장면이 나오지……. (근데 그게 또 하필 〈막돼먹은 영애 씨〉였다.)

이때 머릿속을 가득 채운 생각! '지금 나 뭐하고 있는 거지? 한 번 사는 인생, 그냥 즐겁게 살아야지, 이건 아니잖아!' 화딱지가 치밀어 올라 러닝머신에서 내려오려는 찰나, 옆에서 한마디 들려온다.

"저렇게 뚱뚱한 노처녀가 여주인공인 게 말이 돼?"
"그러니까. 실제 상황이면 말도 안 되는 얘기지."

흘끔 돌아보니 평소에도 가끔 지나치며 본 부류였다. '아니, 저렇게 날씬한데 왜 운동을 하지?'라고 생각했던 젊은 여자애들이었다.

"나이 먹고 자기 관리 하나 못 하나?"
"난 나이 들어도 절대 살찌지 말아야지."

아, 진짜! 나이 먹은 것도 서러운데 살 좀 찐 거 가지고 자기 관리 운운하는 어린 것들의 이야기를 듣고 있자니 부아가 치밀면서도, 젊은 그들의 눈에는 나 역시 그런 여자로 보이겠구나 싶기도 했다. '하긴, 나도 이 몸뚱어리가 창피해서 애 딸린 유부녀인 척하고 등록했는데 쟤들한테 뭐라고 할 처지는 아니지' 싶어 절로 한숨이 나왔다.

그날 이후, 그 젊은 애들에게 보란 듯이 날씬해진 모습을 보여 주리라! 독한 마음을 품고 다이어트에 매진한 결과 지금은 44에서 55사이즈의 탄력 있고 건강한 몸매가 되었다……라고 말하고 싶다. 하지만 여전히 의지박약인 나는 철저한 자기 관리보다, 단순한 스트레스의 여파로 겨우 예전 체중을 되찾아 평범한 통통녀의 삶을 살고 있다.

남들은 이런 나를 자기 관리도 못하는 실패한 노처녀로 볼지도 모르겠다. 하지만 크게 잘난 것 없는 인생이었어도 〈막돼먹은 영애 씨〉의 작가가 되어, 배우의 입을 통해 인생을 노래할 수 있었던 나의 삼십 대를 부끄러워하지 않겠다.

118

세종대왕도 비만이지만,
그의 업적은 어마어마하다.

뚱뚱하다고 자기 관리
못 한다는 건
어불성설語不成說이다.

알겠냐, 이것들아!

Scene 13

나이 들수록
충고를 듣는다는 게 참 힘들어졌다.

## 13

충고가 어려운
나이

어릴 적에는 충고를 들을 기회가 많았다. 나에 대한 객관적인 충고를 선배나 주변 사람들을 통해 들을 수 있던 그때 말이다. 갓 일을 시작한 언젠가, 그때만 해도 몸서리치게 어렵기만 했던 메인 작가 언니가 내 뒷모습을 보며 "넌 바지를 입은 거니? 입고 꿰맨 거니? 아님 보디 페인팅을 한 건가?"라는 한마디에 몇 년간 바지를 '끊었던' 적이 있었다. (그렇다, 난 스키니 바지가 유행하기 전부터 하체 비만 탓에 강제 스키니 바지를 선보였던 여자다.)

민낯에 안경을 끼고 출근한 날, "까무잡잡한 피부와 각진 턱이 꼭 김건모를 닮았다"라는 누군가의 말을 들은 후부터는 팔에 마비가 오지 않는 이상 꼭 21호 파운데이션을 찍어 바르고 외출을 하게 되었다. 이 모든 게 주변 사람들의 객관적인 충고 덕분이었다. (참고로 난 이런 충고를 해 준 선배와 지인들이 진심으로 고맙다. 진짜다!)

그런데 나이가 들수록 충고를 듣는다는 게 참 힘들어졌다. 일단 삼십 대 중반을 넘어가며 충고를 듣는다는 것 자체가 짜증스럽기 시작했다. 모 코미디 프로그램에서 중년의 자식이 늙은 부모님께 "저도 이제 힘으로는 아버지한테 안 져요!" 하는 맥락이랄까? '나도 이제 나이 먹을 만큼 먹었고, 무슨 얘기 하는지 이미 다 알고 있는데 새삼스레 그런 얘길 왜 들어야 하는데요?' 하는 반항심이 먼저 고개를 든다. 그래서 누군가 나에게 충고할라치면 눈썹부터 추켜올리며 거부감을 팍팍 표출하곤 했다.

그렇게 객관적인 충고를 거부한 채 삼십 대 후반을 지나 사십 대에 이르렀다. 평균 연령으로 치면 중간 결산을 할 나이. 그럭저럭 남들과 비슷하게 살아왔다고 생각했는데 돌아보니 나는 남들과 좀 많이 다른 모습이었다. 결혼도 하지 않았고, 아이도 없고, 주택청약 적금 따위는 붓지 않았으며 무엇보다 신체 나이가 실제 나이보다 많았다! 어쩌다 이렇게 된 건지……. 삶에 대한 무거운 질문부터 가벼운 질문까지 온통 물음표였다.

나이 마흔하나에 적당한 자산이란 어느 정도일까? 나이 마흔하나에 내 스스로 든 적금이 하나도 없으면 비정상인 걸까? 나이 마흔하나에 몇 년 째 건강검진을 받지 않고 있는데 괜찮은 걸까? 나이 마흔하나에 허리까지 오는 긴 머리가 가당키나 한 걸까? 나이 마흔하나에 삼십 대에 입던 스타일로 입어도 되는 걸까? 나이 마흔하나에 일주일에 서너 번 술을 마시는 건 사회적으로 지탄받을 일일까?

해답이 궁금해진 나는 진정 어린 충고를 듣고 싶었지만 그간 온몸으로 거부했던 나에게 새삼스레 그런 이야기를 해 줄 사람은 없었고, 해소되지 않은 의문과 불안감은 무럭무럭 자라나서 공포스럽게 날 옥죄어 왔다.

그렇게 의기소침해 있던 어느 날, 주변 사람들과 세계 평화, 핵무기 반대, 환경 오염에 대해 열띤 토론을 벌이던 끝에 살짝 모 연예인 이야기가 나왔다. 이번에 CF를 찍어서 몇 억을 벌었다더라, ○○동에 몇십 억대 빌딩을 샀다더라

등 부러움으로 시작한 이야기가 조금 다른 방향으로 흘렀
다. 결혼 생활이 불행하다더라, 배우자가 바람둥이라더라,
낭비벽이 장난 아니라더라…… 사실인지 확인할 길 없는
이야기였지만 완벽하고 행복할 것만 같던 유명 연예인이
왜 그런 불행을 감수하며 사는 건지, 차라리 확 이혼을 해
버리면 안 되는 건지, 아직 결혼 한번 해보지도 못한 내가
어쭙잖게 그 연예인을 걱정하다가 퍼뜩 깨달았다.

그래서 뭘 어쩌란 말인가? 누군가 아무리 입 아프게 떠
들어 대고 충고한들, 결국 걱정 많고 온전치 못한 삶을 다
독이며 최선을 다해 살아가고 있는 건 본인 스스로일 텐데
말이다.

———

남들이 볼 때 내가 내 나이에 적당한 돈을 모으지 못한
건지도 모르겠다. 남들이 볼 때 내 손으로 든 적금이 하나
도 없다는 게 한심해 보일지도 모르겠다. 남들이 볼 때 나
이에 어울리지 않는 패션 감각에 주책스러운 긴 머리, 건

강검진도 받지 않은 채 자주 술을 마시는 내가 대책 없어

보일지도 모르겠다.


그런데 뭐 어쩌란 말인가?

말 그대로 중간 결산.

결론은 아직 아무것도 나지 않았다.

문제를 풀 때 답부터 고민하지 말 것.
어차피 맞는 답은 맞고, 틀린 답은 틀리다.

128

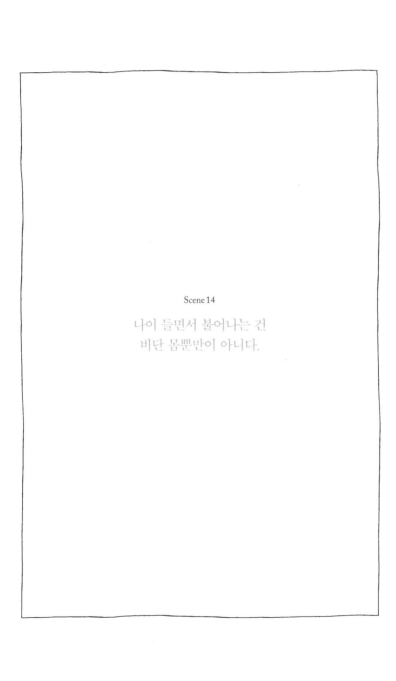

Scene 14

나이 들면서 불어나는 건
비단 몸뿐만이 아니다.

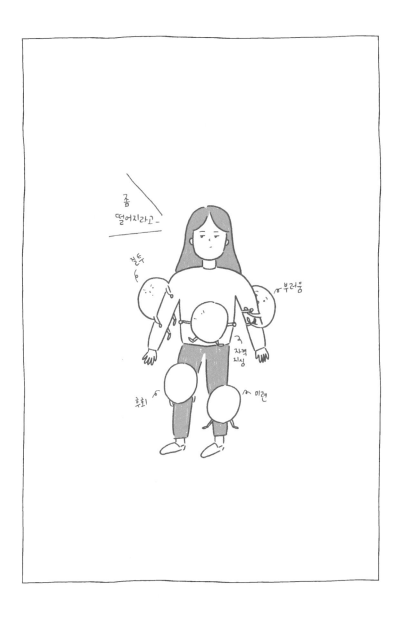

## 14

# 감정의
# 나잇살

흔히들 '나잇살' 이야기를 많이 한다. 젊었을 때는 맘먹고 하루만 굶어도 2, 3킬로그램 정도는 거뜬히 빠졌다. 하지만 나이가 들수록 살이 좀처럼 빠지지 않을 때 "나잇살은 잘 안 빠지잖아" 하는 말로 흔히들 불어난 살을 합리화시키기 마련이다.

　나잇살이란 내가 얼마나 게으르고 절제하지 못한 삶을 살았는지를 고스란히 보여 줌과 동시에 옷 태를 망치기 일쑤다. 놀라운 기능의 브래지어로 가슴 매무시를 가다듬고 무심결에 뒤돌아봤을 때 가슴만큼 불쑥 튀어나온 등살이란……. 그렇다고 외출을 포기할 수는 없는 법! 차분하게 옷장을 뒤져 예전에 사 뒀던 올인원(all in one: 여성용 속옷으로, 브래지어·웨이스트 니퍼·거들이 함께 붙은 것)에 몸을 구겨

넣어 본다. 그제야 매끈하게 정리된 몸매에 나름 만족하며 당당한 걸음걸이로 외출했다가 예상치 못한 상황을 마주하게 된다. 그 장소는 지하철이나 택시 안 혹은 맥주 오백한 잔 단번에 마시고 난 직후 술집 등 어디든 될 수 있다. 올인원이 스멀스멀 기어 올라가는 바람에 팬티스타킹 라인과 가슴 아래의 공간이 무방비 상태가 되는 상황! 이때 갈 길 잃은 군살들이 성난 군중처럼 일제히 그곳으로 몰려나왔을 때의 당혹감이란. 아마 대한민국 평범한 여자들이라면 한두 번은 겪어 봤을 일이라 생각한다. (설마 나만 겪어 본 건 아니겠지?)

———

나이가 들어가면서 불어나는 건 비단 몸뿐만이 아니다. 감정도 나이 들수록 더덕더덕 원치 않는 찌꺼기가 늘어나기 일쑤다. 예전에는 "쟤는 예뻐서 좋겠다"라는 말을 했다면, 지금은 "쟤는 젊고 예뻐서 좋겠다"로 바뀌어 있다. 또 과거에는 "시집 잘 가서 정말 부럽다"라는 말을 했다면,

이제는 "쟤는 적당한 나이에 시집도 갔는데 나는 이 나이에 뭐 하고 있는 거지?"라는 한탄으로 바뀌어 있다. 그냥 단순하고 일차원적이었던 질투나 원망이 좀 더 디테일해진다. 더 구차해지고, 알 수 없는 자격지심까지 등에 업은 채…….

올인원으로 가다듬은 몸매로, 파운데이션을 두 가지나 섞어 찍어 발라 감춘 안색으로, 나이 들며 주워들은 유식해 보이는 몇 가지 단어들로, 나의 초라한 모습을 감춰 보려고 애쓴다. 하지만 집에 와서 틀어 놓은 TV를 등지고 누워 일과를 복기할 때마다 "난 왜 나잇값 못하고 그런 말을 했을까?", "왜 이 나이 먹고도 생각이 짧은 거니?" 식의 후회로 밤을 지새우기 일쑤였다.

그러던 어느 날, 오랜만에 엄마를 만났다. 엄마는 시시콜콜한 주변 일들에 대한 불만을 쏟아 내기 시작했다. 평소에 험담은 잘 하지 않고 묵묵히 엄마의 책임과 의무를 다했던 분이기에 그런 모습이 낯설고 짜증스러웠다. '원래 저런 불평불만은 내가 엄마한테 해야 하는 건데? 왜?' 싶었다.

"엄마, 왜 안 하던 짓을 해? 그런 건 참아야지, 왜 유치하게 나한테 일러? 한참 어른이 돼서……."

엄마는 잠시 멍한 표정으로 날 바라보다가 한마디 했다.

"엄마도 어른이기 전에 감정 있는 사람이거든?"

그랬다. 위인전에서 읽었던 나이 들수록 완성되어 가는 사람은 정말 극소수에 불과했다. 우리같이 평범한 인간은 나이 들수록 세월이란 풍파에 깎여 약점이 더 많이 보이는 그런 존재였다. 나잇살 붙어 후덕해 보이지만 그 속은 남편 문제, 자식 걱정 때문에 더욱더 예민해지고 소심해지는 존재, 20년 넘는 경력을 자랑하는 하늘 같은 선배도 풋내기 후배의 사소하고 반짝이는 아이디어에 자괴감을 느끼는 그런 작은 존재 말이다.

우리는 스스로 나이가 들수록 젊은 시절의 나보다 더 '나은' 내가 되어 있기를 절실히 바라고 있는 건 아닐까?

나이 든다는 게 어제보다 더 완벽하고 나은 사람이 되는
건 아닐 텐데……. 나이 듦에 따라 진지한 태도는 필요하
겠지만, 너무 고리타분해질 필요는 없지 않을까? 백세 인
생에 사십 대면 우리는 아직 응석 부려도 되는 나이니까.

나잇살은 운동으로 극복하고 좋은 말은 법정 스님에게 맡기자.
가장 중요한 건 '나다움'을 잃지 않는 거다.

우리는 어쩌면
나이 들수록
더 나은 사람이 되길
바라고 있는 게 아닐까?

나이 든다는 게
완벽한 사람이 된다는 건
아닐 텐데.

나이들수록
완성되는 사람은
위인전에서나.

Scene 15

여전히 난 빨강 머리 앤과 B사감 사이,
어딘가에서 서성이고 있다.

## 15

# 빨강 머리 앤과
# B사감 사이

학창 시절부터 지금까지 나의 최대 자랑거리는 중1부터 고3 때까지 '오락부장'이었다는 사실이다.

그렇다. 성적도 그저 그랬고, 생긴 것도 그저 그랬고, 뭐 하나 특출 난 게 없던 나의 유일한 장기는 '웃기는' 거였다. 그래서 웃기는 장기로 습득한 내 인생 유일한 감투인 오락부장이란 타이틀이 너무나도 자랑스러웠다.

그렇게 난 학창 시절 내내 웃기는 여자로 이름을 날렸다. 그래서 고등학교 때 친구들과는 KBS 공채 개그맨 시험을 볼 생각도 했었더랬다. (무슨 자신감에 개그는 짜지도 않고 시험 전날까지 술을 퍼마시다가 포기하긴 했지만.)

웃기는 여자답게 이십 대 때, 그러니까 천리안(chollian: 1990년대를 풍미한 추억의 PC 통신) 시절에 유머 게시판에 글을 올리며 미약하게나마 닉네임을 떨치기도 했다. 그 덕에 어찌어찌 작가라는 타이틀까지 달기에 이르렀다. 하지만 나는 글발보다는 말발이 앞선다고 생각했기에 여전히 작가보다 웃기는 여자라는 타이틀에 더 자긍심을 느낀다. (심지어 전 남자 친구에게 '인생에서 만난 가장 웃기는 여자'라고 쓰인 상패까지 받았다.)

———

그런데, 그랬던 내가 어느 순간 변해가는 것을 느꼈다. 삼십 대 중반을 넘어가자 내가 연애 중인 걸 아는 모든 사람들이 결혼은 언제 할 거냐는 질문을 퍼부어 대기 시작했다. 이미 결혼 적령기를 훌쩍 넘어선 나이를 직시하고 인생에 대해 좀 더 진지하게 생각하라며 다큐멘터리 같은 충고들을 던졌다. 시트콤 속에 살던 나는 갑자기 미니시리즈 비련의 여주인공이 된 듯 억지로 진지해질 수밖에 없었다.

결혼 생각이 없던 나였지만 여론에 등 떠밀려 남자 친구를 들들 볶기 시작했다. 자연히 다툼이 잦아졌다. 더는

행복하지 않았고 그래서 더는 웃기는 여자가 될 수 없었
다. 거기에 더해 나보다 늦게 연애를 시작한 후배가 결혼
한다며 청첩장을 내밀자 나의 예민함은 극으로 치닫기 시
작했다.

별거 아닌 일에 짜증을 내고 성질을 부리기 시작했으며
술에 취하면 자기 연민에 눈물을 펑펑 쏟기 일쑤였다. 그
래 놓고 '남들은 모르겠지? 나만 느끼는 걸 거야'라며 나
스스로를 위로하곤 했지만, 곧 그건 나만의 착각임을 깨닫
게 되었다.

절친한 선배는 내가 정서적으로 불안해 보인다며 그렇
게 힘들면 남자 친구와 헤어지는 게 어떻겠냐는 충고를 했
다. 또 후배들은 내 널뛰는 감정을 감당하기 어려워 나를
피했다고 고백해 왔다. 그런 얘기를 들을 때마다 욱하는
마음에 순간적으로 폭발하듯 화를 냈다. 그러다가도 순식
간에 화가 사그라지고 어김없이 찾아오는 부끄러움에 바
로 사과를 하고 돌아서는 일상의 반복……. 남들이 다 나
를 손가락질하는 것 같았다. 나는 '웃기는 여자'에서 '우스

운 사람'으로 전락해 버린 것만 같았다.

그렇게 자격지심으로 뒤틀린 나날을 보내는 와중에도 후배의 결혼식은 다가왔다. 마음이 편치 않았던 나는 늦장을 부리다가 후배의 결혼식에 느지막이 도착했다. (실은 안 갈 핑곗거리를 궁리하다 억지로 갔다는 게 더 솔직하겠다.)

누구라도 내 마음속의 검은 심보를 눈치챌까 봐 살짝 어색한 표정으로 식장에 들어서던 나는 마침 사진 촬영을 하려고 서 있던 후배와 눈이 마주쳤다. 순간 나를 본 후배가 눈시울을 붉혔다.

'아, 맞다. 쟤가 저랬던 아이였는데…….'

아버지가 돌아가셔서 팀 사람들이 찾아갔을 때도 나를 보고 울었던 아이였다. 나도 기꺼이 그런 후배에게 어깨를 내어 주고 같이 울어 줬던 그런 사람이었다. 내가 아직 '웃기는 여자'였던 시절에 같이 울고 웃던 그런 사이였는데……. 잠시나마 나의 뒤틀린 마음을 반성하며 웨딩드레스를 입은 아름다운 후배를 진심으로 축복할 수 있었다.

그러나 여전히 난 빨강 머리 앤과 B사감 사이 어딘가에서 서성이고 있다. 나이를 먹으면 저절로 어른스러워질 거라는 바람과 달리 어른이 되는 길은 험난하다. 그래도 방향을 잃지 않고 꿋꿋이 걸어가다 보면 남들보다 늦지 않게 어른이 되는 그 길 어딘가에 도착하지 않을까.

고치를 뚫고 나오는 게 모두 아름다운 나비는 아니다.
그렇다고 경박한 날갯짓으로 파닥이며 날아가는 나방의 삶을
그 누가 손가락질할 자격이 있을까?

Scene 16

나이가 들수록
장례식장 갈 일이 부쩍 늘어난다.

## 16

네 번의 결혼식과
한 번의 장례식

"언니 덕분에 아빠 좋은 곳으로 편히 잘 모셨어.

이런 일을 처음 겪어 보니 뭘 어찌 해야 할지 모르겠네.

시집 안 가고 눈감게 해 드려 마음이 정말 아프더라고.

언니, 우리 빨리 시집가자."

　　부친상을 치른 후배를 만나고 난 뒤 며칠 후 그녀에게 온 연락이다. 늦잠을 자고 일어나니 '아버지 별세로 부고 문자 드립니다. 망일 몇월 며칠……'로 시작하는 사실과 정보로 꽉 들어찬 후배의 문자가 와 있었다.

　　그날의 어색했던 상황들과 행동, 대화들이 떠오른다. 부고라는 단어에 살짝 당황했다가 문득, '평소 장난기 가득한 후배가 이런 상투적인 부고 문자를 손수 쓴 걸까? 아니면 써 주는 사람이 있었던 걸까?' 같은 별 쓸데없는 생각을 했던 거며, 주변 지인들과 언제 어떻게 갈 건지 짧게 의논했던 거며, 장례식장에 입고 갈 만한 검은 정장 하나 없는 옷장을 들여다보며 한심스러워했던 거며, 드물지는 않지만 익숙하지도 않은 자리였기에 '장례식장에 가면 상주에게 뭐라고 해야 하는 거였더라?', '절은 어떻게 하는 거였지?' 같은 분명치 않은 절차를 인터넷으로 검색해 봤던 거며, 이상하게도 눈앞에 있던 장례식장을 찾지 못해 병원을 두 바퀴나 삥삥 돌았던 거며, 후배와 마주한 순간 주책없이 눈물을 쏟았던 거며, 함께 간 선배와 벌게진 눈으로 육개장을 마주한 채 앉아 부모님께 효도하자는 다짐을 했던 거며, 일상적인 대화 끝에 조금 큰소리로 웃어서 민망했던 거며, 집에 오는 길에 오랜만에 엄마랑 통화했던 거며……, 뭐 그런 것들 말이다.

삼십 대 중반까지만 해도 장례식보다 결혼식이 더 잦았다. 하지만 나이가 들수록 장례식장에 갈 일이 부쩍 늘어간다. 어차피 생명을 가지고 있는 것들은 다 죽음을 향해 나아가기에 어찌 보면 자연스러운 일이지만 좀처럼 익숙해지지 않는다. "삼가 고인의 명복을 빕니다"라는 말도 겁이 나서 입 밖으로 잘 나오지 않는다. 왜냐하면, 이러한 일들이 언젠가 나에게도 반드시 닥칠 일이라는 무언의 두려움이 엄습해 오기 때문이리라.

내 곁을 떠난 사람들을 떠올려 본다. 생각보다 많은 이들이 떠났다. 앞으로도 많은 이들을 떠나보내야 한다는 생각에 덜컥 겁이 나기도 한다. 하지만 떠나가는 이가 있으면 새롭게 찾아오는 인연도 있기에 계속 슬픔에 머무르지 않고 나아갈 수 있는 게 우리의 인생 아닐까?

내 친구는 할머니 손에 자랐다. 그 할머니가 돌아가셨다는 소식을 듣고 부랴부랴 상갓집에 달려갔다. 그리고 향을 피우다 그만 불을 내고 말았다. 엄마 같은 할머니가 돌아가셔서 실신 직전이었던 내 친구는 그런 내 모습에 배를 잡고 웃었다. 그런 거다, 삶이란.

'삼가 고인의 명복을 빕니다.'
몇 번을 해도
익숙해지지 않는 말……

어쩌면,
익숙해지고 싶지
않은 건지도 모르겠다.

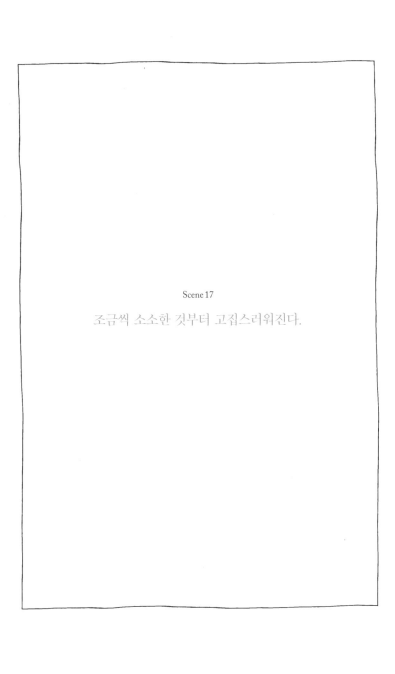

Scene 17

조금씩 소소한 것부터 고집스러워진다.

## 17

40년산
브랜드의 고집

말 그대로다. 나는 소소한 것부터 고집스러워짐을 느낀다. 내 고집은 특정 브랜드의 맥주만 선호하는 데서부터 시작됐다. 다른 브랜드의 맥주는 입맛에 맞지 않는다고 단정 짓고 떠들어 댔다. 이십 대 후반 이후로는 긴 머리를 고집하게 됐다. 언젠가 한번 해 봤던 단발머리가 지독히도 안 어울린다는 주변 사람들의 지적이 있고 난 후부터였다. (아니, 그때 사귀던 놈이 긴 머리를 좋아해서 그랬던가. 분명치는 않다.)

짧지도 길지도 않게 살아오면서 깨달은 그간의 노하우가 마치 진리인 듯 그 틀에 맞추기 시작했다. 나의 이런 모습이 위험 수위에 이르렀다는 사실은 최근에야 깨달았다. 나와 다른 브랜드의 맥주를 마시는 사람이 그냥 싫어지기 시작했고(어떻게 입맛이 저렇게 센스가 없을 수 있지?), 나에게

짧은 머리가 어울릴 것 같다고 추천하는 이는 분명 내게
앙심을 품고 있는 거라고 여겼다. (날 못생기게 만들려고? 저
런 앙큼한 X!) 그랬다, 나이 마흔 즈음에 엄청나게 고집스러
운 편견이 자리 잡아 버린 것이다.

충격이었다. 젊은 시절의 나는 참으로 유연한 사고를 지
닌 사람이었다. 그게 내가 가진 큰 장점이라 믿었더랬다.
레즈비언이라고 커밍아웃한 고등학교 친구의 고백도 망설
임 없이 이해했다. 어떤 장르의 코미디에도 깔깔거리며 웃
을 수 있는 폭넓은 이해력의 소유자라 생각했다. 하지만
그건 나만의 착각이었다.

이제 와서 보니 레즈비언 친구를 이해한 줄 알았던 나
는 동성애를 꺼리는 사람들을 편협한 사고의 소유자들이
라며 무조건적으로 폄하하고 있었다. 또 새로 나온 코미디
코드를 이해하기보다 예전에 재밌게 본 영화를 끊임없이
돌려 보고 있었다. 자유롭다고 믿었던 나는 나만의 견고한
사고방식의 틀에 갇혀 있었던 거다.

가끔 보톡스를 맞아 어색한 표정의 여자들을 볼 때마다

은근히 비웃고는 했는데, 내 사고방식도 보톡스를 맞아 굳어 버린 것처럼 딱딱해졌다고 생각하니 덜컥 겁이 났다. 이대로 그냥 꼬장꼬장한 외골수 노인네가 되어 버리는 건 아닐까? 요가나 필라테스처럼 몸을 유연하게 만드는 운동은 알겠는데, 사고방식을 유연하게 만드는 방법은 뭐가 있을까? 과연 있기나 할까? 초조해하는 나에게 후배 왈,

"요즘 문화를 자주 접하는 방법밖에 없지 않을까요? 참, 언니! 〈디스터비아Disturbia〉라는 영화 보셨어요? 그거 무지 재밌는데……."

"이것아, 그 영화는 옛날 옛적 히치콕의 〈이창The Rear Window〉이라는 영화를 리메이크한 거거든?"

요즘 문화? 웃기고 있네! 아, 모르겠다. 어차피 돌고 도는 세상, 나만의 사고방식이라도 고집하다 보면 언젠가는 인정받는 날이 오지 않을까?

Scene 18

그저 결혼을 안 했다는 이유만으로
왕따가 된 것 같은 기분이라니…….

## 18

# 그렇게
# 왕따가 되어 간다

고등학교 때 친한 친구들은 대부분 담배를 피웠다. 담배를 피러 나가면 순수하게 담배를 태우는 시간만 자리를 비우는 게 아니었다. 담배를 피면서 수다를 떨었다. 들키면 끝장이라는 긴장과 비밀스러운 분위기 속에서 나누는 수다는 더욱 깊은 공감대를 형성했으리라. 소소하다고 생각했던 흡연의 시간은 그들에게 차곡차곡 깊은 유대감을 선사했다. 독서실을 다니는 1년 동안 '흡연인' 친구들과 나 사이에는 보이지 않는 틈이 벌어지고 있었다.

　그 빈틈은 대학교에 입학하며 단숨에 따라잡을 수 있었다. 바로 내가 술을 배웠기 때문이다. 그 시절 나는 개업한 호프집에서 개최한 '500cc 빨리 마시기 대회'에서 같이 출전한 남자들도 가뿐히 이길 정도로 음주에 재능이 있었다.

물론 거의 매일 마셔도 거뜬한 튼튼한 간 덕분이었다. 술
자리는 매일 어김없이 열렸다. 그 자리에 참석하던 친구들
이 돌아가며 나가떨어질 때도 나는 빠짐없이 참석했다. 그
당시에는 음주와 흡연이 한 공간에서 가능한 시대였으므
로(공룡과 인간이 잠시나마 공생했던 시절처럼, 지금은 상상도 할
수 없는 분위기지만 사실이다. 그런 때가 있었다.) 흡연하는 친구
들과의 수다에 동참하며 다시 그들과 가까워질 수 있었다.

이런 생활을 반복하다 보니 대학 생활을 제대로 했을
리 만무했다. 학교는 거의 가는 둥 마는 둥 허송세월하다
가 엄마에게 등짝을 두들겨 맞기 일쑤였다. "앞으로 도대
체 어떻게 살라고 그러는 거냐"라는 엄마의 말에 애니메
이션 작가가 되겠다며 충동적으로 학원에 등록했다. 목표
있는 사람처럼 보이고 싶었던 것 같다.

그러나 하루 10시간 넘게 끈질기게 앉아 그림을 그려
대는 게 적성에 맞을 리 없었다. 그렇게 두세 달 정도 학원
에 다니면서 동기들보다 늘지 않는 실력에 큰일이다 싶을
때였다. 인터넷 유머난에 글을 올리고 있던 이력 때문이었

는지, 방송국에서 연락이 왔다. 아이디어 작가를 해 볼 생각이 없냐는 제안이었다. 그걸 계기로 시트콤 작가 생활에 발을 내딛었다.

부모님은 한심하다던, 친구들은 '또라이' 같다던 내 생각을 재밌다고 들어 주는 선배들 덕분에 신이 났다. 가끔은 나의 어떤 일상들이 방송으로 만들어지기도 했으니 일하는 게 즐거웠다.

원래 시트콤 작가라는 직업은 프로그램에 따라 모였다가 헤어지기를 반복한다. 하지만 〈막돼먹은 영애 씨〉를 하며 (비교적) 같은 작가들과 오랜 시간 동안 함께 호흡을 맞출 수 있었다. 나이와 성격, 라이프 스타일 모두 다른 사람들이 모였지만 재미있는 방송을 만들겠다는 같은 목표를 가지고 움직인다는 것, 무엇보다 술자리가 아닌 맨 정신에 누군가와 이토록 오랜 시간 열심히 수다를 떨며 지내는 게 처음이었다. 이런 나와 그들은 서서히 가까워질 수밖에 없었다.

그렇게 친구들보다 심지어 가족보다 〈막돼먹은 영애 씨〉

팀 작가들과 더 가깝게 지내던 어느 날, 정신을 차리고 보니 막내 아이디어 작가를 뺀 모든 작가가 몽땅 결혼을 해 버리는 초유의 사태가 발생했다.

처음엔 크게 달라질 게 없을 줄 알았다. 결혼 생활에 대한 크고 작은 에피소드들이 주요 화젯거리가 되기 시작했지만 나도 주워들은 풍월이 있기에 열심히 껴들었고 그럭저럭 대화는 이어져 갔다.

그러나 나는 한계에 부딪힐 수밖에 없었다. 임신 준비를 하려고 산부인과에 가서 무슨 검사를 받고 무슨 주사를 맞았다더라, 곧 다가오는 시어머니 생신에 현금을 드려야 하나, 선물을 드려야 하나, 초등학교 입학하는 아이 때문에 학군까지 따지느라 전셋집을 옮기는 일에 골머리 썩는다는 이야기까지……. 유부녀이기에 깊게 공감할만한 얘기들이 펼쳐지기 시작했기 때문이다. 방청객마냥 호응만 하는 게 어색해서 대화에 열심히 참여한 적도 있었다. 어제 TV에서 뭘 봤네, 우리 집 미오 씨가 새벽에 계속 야옹야옹 울어 대서 어디 아픈 게 아닌가 걱정됐네 같은 이야기를 꺼내 봤지만, 이내 너무 다른 성질의 고민이 아닌가 하는 생각에 점점 입을 다물게 됐다.

스스로 왕따가 된 것 같아 부아가 치밀다가도 이내 서글퍼졌다. 그저 결혼을 안 했다는 이유만으로 왕따가 된 기분이라니. 한참 동안 억울한 마음을 호소하는데 마주 앉은 레즈비언 친구가 깊은 한숨을 내쉬었다.

순간 아차 싶었다. 그녀야말로 사회에서 나보다 더 깊은 절망감과 소외를 맛보는 소수자인 것을. 나보다 더 산전수전 더 겪었을 그녀 앞에서 너무 혼자 심각했던 것이다. 심지어 그녀는 얼마 전 오랫동안 사귄 애인과 한바탕 위기를 겪은 차였다.

**왕따 노처녀(나)** "미안, 네가 지금 내 얘기 들어 줄 기분이 아닐 텐데……. 그나저나 송희 씨랑은 어떻게 됐냐? 다시 화해했어?"
**한 여자와 10년 가까이 사귄 순정파 레즈비언 내 친구** 송희?
**왕따 노처녀(나)** 네 여자 친구 말이야. 송희 씨!

**한 여자와 10년 가까이 사귄 순정파 레즈비언 내 친구**　송희가 아니라 진희야!

**왕따 노처녀(나)**　그랬나? 미안, 헷갈렸네.

**분노한 레즈비언 내 친구**　헷갈릴 게 따로 있지. 10년 가까이 한 명만 사귀었는데 그 한 명 이름을 기억 못 하냐? 세상이 널 왕따시킨다고 생각하지 말고 네가 주변 사람들에 대해서 관심 좀 가져 봐라! 이 세상을 왕따시킨 년아!


아. 그랬나…….

어쩔 땐 나만 연애를 안 한다는 이유로, 어쩔 땐 나만 연애한단 이유로……. 혹은 같이 나이 들며 비슷하게 변할 줄 알았는데 나만 덩그러니 혼자 남은 듯한 기분에 자신을 왕따로 몰고 간 건 아닐까?

그래, 그랬던 것 같다. 남의 얘기에 귀 기울이지 않고 내가 하고 싶은 말만 하면서 그들의 얘기에 공감 못 하는 나에 대한 연민에 휩싸여 자신을 너무나도 가여워하며 말이다.

지금도 난 여전히 혼자인 것 같다. 이런저런 이유로 말이다. 그렇다고 그들과 같아질 수는 없을 것 같다. 좋든 싫든 그들과 나는 서로 '틀린' 것이 아니라 '다른' 것이기 때문에…….

왕따라는 말이 부정적으로 다가오는 이유는
우리가 없던 실체에 이름을 만들어 의미를 부여했기 때문이다.
세상에 왕따는 없다. 너와 나, 우리만이 있을 뿐.

176

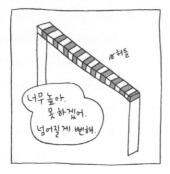 

넘어지면
당장은 좀 아프겠지만

털고 일어나
다시 걸으면
그만인 거,

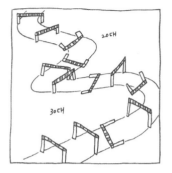

너도 알잖아.

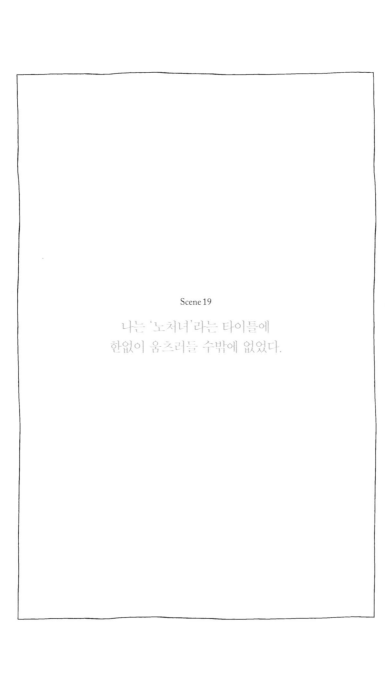

Scene 19

나는 '노처녀'라는 타이틀에
한없이 움츠러들 수밖에 없었다.

## 19

유부녀

∨

이혼녀

∨

노처녀

　지지리 무능력한 남자와 결혼한 친구가 있다. 이혼하네! 마네, 지지고 볶던 그 친구는 시부모님이 물려준 땅값이 몇십 배나 오른 덕분에 어느 동화 속 결말처럼 행복하게 살아가고 있다.

　일찍 결혼했다가 이혼한 친구도 있다. 젊은 나이에 이혼녀 타이틀을 단 게 안쓰러웠던 게 엊그제 같은데 금세 재혼해 버렸다. 그것도 총각이랑.

　물론 극히 드문 경우이긴 하지만 그렇게 치를 떨던 시댁 덕분에 팔자를 핀 유부녀 친구와 다시 결혼한 이혼녀 친구를 옆에서 지켜보고 있자니 이런 생각이 들었다.

　'여전히 아무 일도 일어나지 않는 나 같은 노처녀야말로 우리 사회의 최대 약자가 아닐까?'

학생 시절, 버스에서 들었던 라디오 프로그램이 문득 떠올랐다. 가녀린 목소리의 아주머니는 전화 연결이 되자 다짜고짜 "제가 죄인입니다"라고 외쳤다. 라디오 진행자가 무슨 말씀이냐, 왜 죄인이냐 했더니 "아들이 셋인데 마흔 넘은 첫째부터 막내까지 셋 다 결혼을 못 했다"는 것이다. 그걸 듣던 한 아주머니가 나지막이 말했다.

"죄인 맞네······."

우리 집도 라디오 사연과 다르지 않았다. 나와 연년생인 남동생까지 나란히 노처녀, 노총각이 되어 버리자 친척들은 왜 우리가 결혼하지 않는지 끊임없이 부모님을 추궁했다. "혹시 어디 하자 있냐", "모 연예인처럼 커밍아웃한 상황은 아니냐" 등등. 결국 우리 부모님은 "다 제 잘못이올시다"라는 발언과 함께 스스로 죄인이 되었다. 부모님을 죄인으로 만든 나는 '노처녀'라는 타이틀을 달고 한없이 움츠러들 수밖에 없었다. (심지어 한창 살쪘을 땐 "큰딸 시집갔다는 소리 못 들었는데, 임신한 거야?"라는 추문까지 듣게 하였으니, 원……) 이런 일들에 마음 답답하던 어느 날, 마치 어벤저스처럼 결혼한 친구, 이혼한 친구, 노처녀인 나까지 세 명이 모여 열띤 토론을 펼쳤다.


**노처녀**   난 유부녀가 갑甲이고, 이혼녀도 노처녀보다는 갑이라고 생각해. 대한민국에서 노처녀는 너무 무능력해 보여. 아무것도 안 하고 아무도 건드리지 않은 그런 여자 같아서 비참해.

**유부녀**   네가 결혼을 안 해 봐서 그런 얘기가 나오지. 나 지금 제일 후회하는 게 뭔지 알아? 결혼한 거라고!

**노처녀**   (진지하게 500cc 단번에 들이키며) 결혼한 거 그렇게 후회되면 당장 이혼해. 그럼 네 말 믿어 줄게.

**유부녀**   ……. (이혼은 못 하겠는지, 아니면 나의 500cc '원샷' 기세에 눌렸는지 침묵.)

**이혼녀**   그래. 결혼해서 잘사는 것들이 갑이지. 그래도 이혼녀가 노처녀보다 낫다는 건 말이 안 돼! 요즘 이혼한 사람들에 대한 시선이 너그러워졌다고 해도 여전히 선입견 가진 사람도 많고. 무엇보다 이혼할 때 부모님이 얼마나 속상해하셨는 줄 아냐?

**노처녀**　너희 부모님은 너 첫 번째 이혼할 때 속상해하셨겠지만 두 번째 결혼할 때 좋아하셨잖아? 울 엄마는 한 번도 기뻐하지 못하고, 지금도 계속 쭉 매일 속상해하고 있거든?! 이모~, 여기 500cc 한 잔 더 주세요!

**이혼녀**　……. (두 번째 결혼을 한 게 양심에 찔려서인지 침묵.)

그렇게 서로 기분만 상하는 난상토론이 끝나갈 무렵, 마음이 불편해진 난 계산서를 집어 들고 얼른 계산대로 향했다. 계산을 마치고 우울한 얼굴로 카드기에 사인을 하는 나를 사장님은 흐뭇하게 바라보며 한마디 했다.

"아가씨 같은 손님만 있으면 장사 걱정 안 할 텐데. 자주 와요~. 내가 잘해 줄게!"

최근 본 적 없는 따스한 표정이었다.

이것들아! 들었냐? 저출산 국가인 대한민국에서 애 낳은 유부녀만 애국자가 아니라고! 얼어붙은 경제 침체 속에 결혼식 두 번을 올리면서 웨딩업계에 목돈을 써 댄 이혼녀만 애국자가 아니라고! 꾸준한 음주 활동으로 기복 없이 술값 지출을 해 온 나야말로 우리나라의 자랑스러운 애국자라고! 알았냐?!

그렇게 휘청거리며 걸어가는 나의 뒷모습을 바라보며 술집 사장님은 오랫동안 손을 흔들어 주었다.

다음 날 주머니에서 '빨간 바지'라고 찍힌 82,000원짜리 영수증이 나왔다. '빨간 바지? 웬 옷가게 영수증? 옷 산 적이 없는데!' 싶어서 영수증에 찍힌 번호로 전화를 걸었더니 '빨간 바지락'이라는 술집이었다.

경제 살리는 건 좋은데, 정신줄은 놓지 말자.

Scene 20

난 그냥 마흔 살의 껍데기를 뒤집어쓴
스무 살짜리였다.

마흔 살은
너무 무거워.

## 20

인생,
그 무모한 도전

이십 대 시절을 돌이켜보면 지금과 크게 다르지 않았다. 좀 더 활기차고 좀 더 욱하고 좀 더 무모하고 좀 더 '또라이' 같았던 걸 빼면 말이다. 거짓으로 어설프게 포장하기보다 솔직한 게 미덕이라 생각하던 시절이었다. 그래서 상대가 누구든지 느끼는 감정 그대로 이야기하려고 애썼다. 상대가 나보다 크고 강한 사람일수록 더 굽히지 않고 거칠게 이야기하는 편이었다. 그게 정의롭고 멋진 거라고 믿던 때의 이야기다.

나이가 들며 생각보다 내가 강하지 않다는 걸 깨달았지만 성격은 쉽게 바뀌지 않았다. 내 성향은 습관처럼, 무슨 의식처럼 뇌리에 남아 이십 대와 별반 다르지 않은 모습으로 살아왔다. 변함없는 모습, 그것 또한 멋진 거라고 믿던 삼십 대의 얘기다.

거칠고 모난 성격이었지만 솔직하게 다가가려고 노력했다. 주변에는 나를 이해하는 사람들이 있었기에 큰 무리 없이 지낼 수 있었다. 그러다 상황이 급변했다. 늘 경력 많은 선배 밑에서 둘째 작가의 역할을 해 왔는데, 덜컥 메인 작가가 된 것이다.

좋게 말하면 욕심 없이 순응하며 살았고 나쁘게 말하면 치열하게 살지 않았던 나는 많은 사람이 기회로 여기는 이 상황이 죽을 만큼 무섭고 겁이 났다. 나에게 책임져야 할 일이 늘어난다는 중압감이 버거워 견딜 수 없었다. 난 그냥 마흔 살의 껍데기를 뒤집어쓴 스무 살짜리 같았다.

한 해 한 해 꼬박꼬박 나이는 들었지만, 결혼이나 출산 같은 인생의 전환점이 될 만한 경험도 없고, 우리 집 경제 활동을 책임져야 할 만큼 고단하지도 않았던 난 여전히 치기 어리고 성숙하지 못한 감정의 소유자였다.

'내가 잘할 수 있을까?', '내가 맡았다가 잘 안 되면 어떡하지?', '사람들은 어떻게 생각할까?', '아, 정말 자신 없는데……' 온갖 부정적인 생각이 머릿속을 가득 채웠다. 이런저런 고민으로 날카로워졌을 때, 케이블 재방송으로 〈무한도전〉을 보았다. 몇 회인지는 정확히 모르겠지만 1년 전의 나와 올해의 내가 체력장 대결을 치르는 내용이었다. 몇몇은 1년 전의 나에게 지기도 했지만, 또 몇몇은 고군분투 끝에 작년의 나를 이기기도 했다.

창피하지만 괜히 울컥해서 TV 앞에서 질질 울었다. 고군분투 끝에 작년의 나를 뛰어넘은 것도 감격스럽고 작년의 나에게 질 수밖에 없는 상황도 너무나 이해되면서 알 수 없는 감정이 몰려왔다. 그냥 예능 프로그램일 뿐인데, 인생의 삼라만상을 다 본 것 같은 기분이었다. 그 순간에는 말이다.

스무 살 때 나를 떠올려본다. 어디 하나 잘난 것도 없으면서 선배의 프로그램을 당당히 비평하던 시절이다. 많이 모자란 나의 시놉시스가 제일 재밌다는 알 수 없는 믿음으로 꽉 차 있었던 때다. 그 뒤로 참 많이도 넘어지고 실패했지만, 어찌어찌 여기까지 버텨 왔다. 누구든 그럴 거라 생각한다. 취직이 안 된 사람은 취직 걱정, 취직을 한 사람은 진급 걱정, 결혼을 못한 사람은 결혼 걱정, 결혼을 한 사람은 대출금 걱정…….  각자가 처한 상황이 다를 뿐, 인생에 대한 근본적인 고민은 같을 것이다. '지금보다 조금씩 나아갈 수밖에 없는' 처지라는 사실도…….

원치 않은 자리에 등 떠밀려 갈 수밖에 없게 됐다. 크게 자빠져서 망신당하고 회복 불능 상태로 다칠지도 모르겠다.

———

그런데 말이다, 넘어지면 또 어떤가. 누군가 손을 잡아 줄 테고, 손을 안 잡아 준다 한들 그냥 좀 창피해하다가 툭툭 털고 일어나면 그만인 것을…….

인생을 살다 보면 무모한 도전은 '무한'으로 반복될 수밖에 없다.
지치지 말고 가자.

서로 사는 모습이 달라지면서
나눌 얘기가 줄어들어도
우리가 좋아한다는 것엔
변함이 없으니 괜찮다.

그리고
원래 사람은
누구나 혼자잖아?

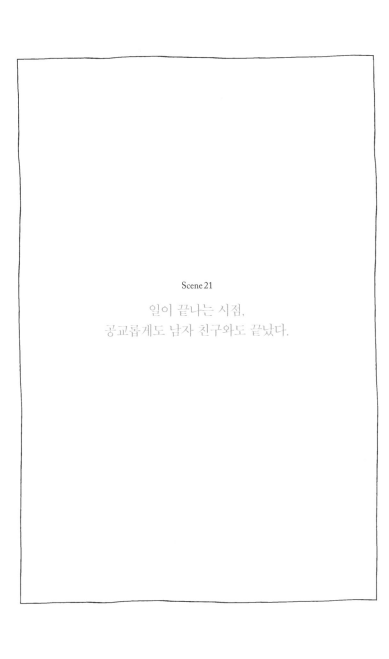

Scene 21

일이 끝나는 시점,
공교롭게도 남자 친구와도 끝났다.

## 21

마음의
공백

한동안 진행하던 프로그램이 끝났다. 공교롭게도 남자친구와도 끝나면서 갑자기 인생에 큰 공백이 생겨 버렸다. 나름 꽉 차 있던 스케줄에 구멍이 숭숭 뚫리기 시작했다. 그 빈틈을 참지 못해 스케줄 채우기용으로 생전 처음 '밴드' 활동이라는 걸 시작했다.

　막상 밴드라는 곳에 가입해 보니 목적에 따라 여러 가지 밴드가 존재했다. 하지만 딱히 뭔가를 열심히 하고 싶다는 의욕은 없었기에 검색 창에 '맥주'를 쳤다. 수많은 밴드가 주르륵 떴고, 그 중 하나에 가입해서 누군가 '번개'라는 걸 칠 때마다 열심히 나다니기 시작했다.

　여러 사람과 맥주를 마시며 많은 이야기를 나누었다. 무엇보다 내가 처한 현실을 모르는 사람과 만나 가볍고 유쾌한 이야기를 나누다 보니 마음속 깊은 곳에 묻어 두었던 고민들이 잊히는 듯했다.

하지만 흥겹게 놀다가 오피스텔로 돌아오면 정적과 함께 묻어 두었던 고민이 더 무겁게 엄습해 왔다. 묻어 두었다고 사라지는 건 아니었다. 발에 물집이 생겨 임시방편으로 밴드(반창고)를 붙여 놨다가 고단하게 하루 일과를 마치고 잊었던 밴드를 떼면 물집이 곪을 대로 곪아 터져 있는 것과 마찬가지였다. '밴드'는 임시방편일 뿐 내게 남은 상처나 아픔을 지워 주지는 못했다.

지금 당신을 억누르고 있는 고민이나 문제가 있다면 그것을 보듬을 수 있는 건 #맥주 #친구 #맛집이 아닐 수도 있다. #나 자신을 먼저 끈기 있게 들여다봐 주고 기다리는 용기가 필요한 시점일지도 모르겠다.

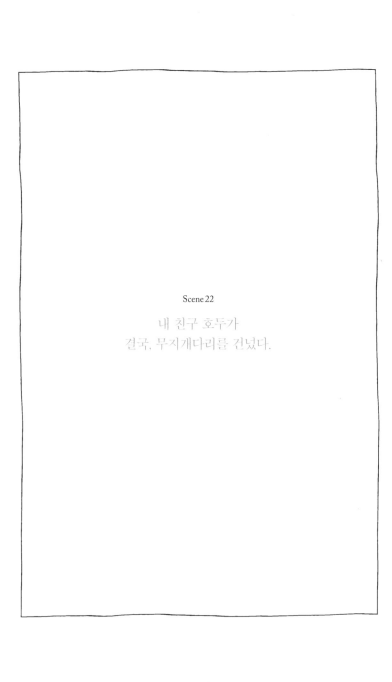

Scene 22

내 친구 호두가
결국, 무지개다리를 건넜다.

#22

무지개다리를
건너는 너에게

16년 동안 우리 집 반려견으로 살았던 '호두'가 '무지개다리'를 건넜다.

　인천 부모님 집에서 나와 부천에서 홀로 지내던 나는 아침 무렵 엄마에게 걸려 온 전화를 받았다. 엄마 목소리가 심상치 않았다. 순간, 내가 뭘 잘못했나? 빠르게 머리를 굴리려던 찰나, "호두가 무지개다리를 건넜다……."라는 이야기가 수화기 너머로 들려왔다.

　오늘이 지나면 내일이 되듯, 당연히 벌어질 일이 벌어진 느낌이었다. 이미 호두는 몇 년 전부터 온갖 노화의 징후에 휩싸인 노견老犬이었다. 백내장과 관절염에 시달리고 있었고, 뱃속에 자리 잡은 혹은 쓰다듬을 때마다 손끝에 느껴질 정도였으니 말이다. 그래서 그럭저럭 담담하게 받아들이려는 찰나, 이어진 엄마의 이야기에 눈물을 쏟을 수밖에 없었다.

추석을 앞두고 집 안은 한참 어수선하고 분주한데 호두가 자꾸 누운 채로 오줌을 싸더란다. 할 일은 많은데 하루에 한 번, 많게는 두 번씩 목욕을 시키자니 엄마도 귀찮고 곤욕스러웠으리라. 목욕을 시켜 놓고 호두 털을 말려 주며 엄마는 이렇게 말했단다. "네가 이러면 추석에 손님들 왔을 땐 어떡하니. 그냥 추석 전에 가라, 호두야~." 그리고 호두는 정말 추석 전에 우리 곁을 떠난 것이다.

전화를 끊고 펑펑 울며 휴대폰 사진첩을 뒤졌지만 호두 사진이 한 장도 없었다. 인천 집에서 나와 부천에서 산다는 이유로, 이제는 미오 씨와 함께라는 이유로, 나는 호두를 점차 잊어가며 헤어질 준비를 하고 있었다.

처음 호두를 만났던 날이 떠오른다. 선배네 집에서 앵두라는 자매와 함께였던 호두는 조금 눈치가 없고 늦된 아이였다. 선배 신발을 물어뜯거나 여기저기 똥오줌을 싸는 건 기본이었다. 호두를 감당하기 힘들었던 선배는 나에게 키워 보겠냐며 의사를 물었다. 난 호두를 집으로 데려오면서 "여행 가는 선배 대신 딱 일주일만 맡아 주겠다"고 했지만, 결국 15년을 우리 곁에 머물다 떠났다.

외출할 때면 베란다로 뛰어나와 멀어질 때까지 쳐다보던 까만 눈동자가 떠오른다. 수많은 사람이 오고가는 발걸음 소리 속에서도 내 발소리를 척척 알아듣고 현관에 마중 나와 있던 모습, 산책하러 나갔다가 엄마랑 비슷한 아주머니를 쫓아가던 그 주책없던 뒷모습이며, 처음 배를 먹고는 그 맛에 놀라 쫑긋 세웠던 귀도…….

동생으로 왔다가 어느새 형제가 되더니 나를 추월해 떠나가 버린 호두. 누구 말대로 먼저 떠나간 반려동물은 저쪽 세상에서 기다리고 있다던데……. 너도 무지개다리 옆에서 우리를 기다리고 있겠지. 그럼 무지개다리 건너 첫 번째 호프집 앞에서 우리 꼭 다시 만나자.

Scene 23

나는 뭐든지 조금씩
늦는 편이다.

## 23

총체적
지각 인생

난 지각쟁이다. 뭐든지 조금씩 혹은 아주 많이 늦는 편이다. 약속한 시간에 늦는다는 것이 얼마나 남들에게 피해를 주는 일인지 나도 안다. 그런데 나이 마흔을 넘기고도 쉽사리 고쳐지지 않는 건 게으른 천성 탓이라고만 할 수 있을까? 어떤 운명적인 흐름은 아닐까……. (이 변명을 생각하기까지 참으로 오랜 시간이 걸렸다.)

이 운명의 수레바퀴에 갇힌 나는 당연히 지각에 얽힌 무수한 에피소드를 가지고 있다. 고등학교 때의 일이다. 그때도 이미 지각을 밥 먹듯이 해서 선생님들께 수차례 경고를 받은 터라 전력 질주로 등교하고 있었다. 그러나 이미 지각이라는 걸 온몸으로 느낄 수 있었다. 학교 앞 슈퍼 아주머니의 "학생, 또 지각이야!"라는 한마디가 결정적 힌트였다.

혹시나 싶어 교문 쪽으로 부랴부랴 달려갔지만 이미 오리걸음 중인 지각생들의 모습과 학생 주임 선생님의 뒷모습이 보였다. 난 본능적으로 학교 옆 성당 쪽으로 발걸음을 옮겼다. (그렇다. 놀랍게도 난 미션스쿨 출신의 여고생이었다.)

마침 그날 성당에는 낯선 사람들만 잔뜩 있을 뿐, 선생님들의 모습은 보이지 않았다. 이때다 싶어 낯선 사람들 틈에 섞여 조심스레 성당에서 학교로 향하는 쪽문에 도달할 수 있었다. 하지만 아뿔싸! 문이 잠겨 있었다. 잠시 문을 잡고 흔들다가 더는 지체해선 안 되겠다는 생각이 들었다. 결국 쪽문 쇠창살을 잡고 오르기 시작했다. 쪽문은 내 어깨 정도 높이였기 때문에 마음만 굳게 먹으면 못 넘을 정도는 아니었다. 선생님에게 잡히면 끝장이라는 공포 때문이었을까. 평소 운동 신경 없고 굼뜨기였던 나는 쪽문 위에 올라설 수 있었다. 낯선 사람들도 쪽문을 오르는 나를 응원이라도 하듯 쳐다보고 있었다. 하지만 개의치 않았다. 이제 뛰어내리기만 하면 무사히 교실로 입성할 수 있다는 흥분 때문이었으리라. 나는 가뿐히 뛰어내렸다.

그 순간이었다. 서늘함을 느낀 건……. 느낌이 아니라 정말 서늘했다. 계절 탓이겠거니 하고는 앞서 달려나가려 했지만 누가 내 뒷자락을 잡아 당겼다. 뒤를 돌아보니, 쪽문 쇠창살에 교복 치마가 걸려 있었다.

어깨높이의 쇠창살, 그리고 그 쇠창살에 걸린 교복 치마. 다시 말해 누군가 내 뒤에서 나의 교복 치마를 내 어깨 높이까지 들어 올리고 있는 것과 똑같은 상황이었다.

참고로 그 당시 나는 162센티미터, 80킬로그램에 육박하던 신체 조건을 가지고 있었다. 뒷모습만 보면 친동생조차 나와 엄마를 구별하지 못했고, 목욕탕에서 처음 보는 아이에게 "엄마"라는 소리까지 들어 봤던 성숙한 육체(?)의 소유자였다. 하지만 내면만은 수줍은 여고생에 불과했다.

그런 여고생이 감당하기에는 맞은편에 있던 낯선 사람들의 수가 너무도 많았다. 놀라 돌아보던 나와 눈이 마주친 낯선 이들도 당황스럽기는 마찬가지였으리라. 내 눈길을 외면하며 일제히 짧은 탄식과 긴 한숨을 내쉬었으니 말이다. 아, 차라리 정문으로 당당하게 지각했더라면 오리걸음 몇 바퀴(feat. 허벅지 근육통)로 끝낼 수 있던 일이었건만. 뒤늦게 후회한들 무슨 소용 있단 말인가. 난 그저 서둘러 쇠창살에서 치마를 빼낸 뒤, 교실로 달려갈 수밖에 없었다. 그 뒤로 난 아무리 지각을 한다 해도 성당으로 연결된 그 쪽문을 넘지 않았다.

　한참 예민하던 사춘기 시절, 강도 높은 수치심을 느끼는 사건을 겪고도 나의 지각 병은 고쳐질 줄 몰랐다. 일을 시작한 후에도 꾸준히 지각을 일삼았다. 화가 난 감독님이 회의실 문을 잠가 복도에서 통한의 눈물을 흘려도 봤다. 그런 내 모습에 마음이 약해진 감독님이 다시는 늦지 말라며 좋은 말로 용서해 주었으나 다음 날도 지각해 또다시 쫓겨나는 일이 무한 반복됐다. (그러나 감독님이 가장 크게 화냈을 때는 팀 전체가 여행을 떠나는 날, 일할 때 늘 지각하던 내가 1등으로 공항에 나타났을 때였다.)

　그렇게 지각으로 점철된 인생을 살던 어느 날, 친구와의 약속 시간에도 늦어 한바탕 욕을 듣던 중이었다.

**사십 평생 지각을 일삼고 있는 나**　내가 계속 늦는 건 어떤 커다란 운명의 영향 때문 아닐까?

**사고 쳐서 일찍 결혼한 내 친구**　늦어 놓고 어디서 변명 같지도 않은 변명이야? 커다란 운명은 무슨! 넌 그냥 게으른 거야!

**사십 평생 지각을 일삼고 있는 나**　그냥 게으른 것만으로 내 인생이 납득이 안 가서 그래! 약속에만 늦는 게 아니라 모든 게 늦어지고 있잖아. 심지어 결혼까지! 하다 하다 결혼까지 지각하고 있다고 난!

**사고 쳐서 일찍 결혼한 내 친구**　지각은 예정된 일에 늦었을 때 쓰는 말이고. 아예 예정에 없을 거라는 생각은 안 하는 거니? 네 인생에 결혼이란 게 말이야……

그래. 누군가와 결혼하기로 약속한 적은 없었지.
그래도 늦어지는 거로 생각하면 안 되겠니?

Scene 24

아, 다시 사랑하고 싶다.
누군가를······.

## 24

나는 아직도
목마르다, 사랑

남자 친구와 헤어지고 반년 가까이 '공식적으로' 참 괴로웠더랬다. 막장 드라마 같은 이별은 아니었지만 모든 이별이 그렇듯 상처로 남을 수밖에 없었기에 수시로 찾아오는 찌르르한 통증과 아련한 기억이 나를 괴롭혔다.

　사랑이라 부르던 감정들이 물러간 후에는 상실감과 고독, 알 수 없는 분노가 자리 잡았다. 하루가 다르게 힘겨웠던 나는 '실상 사랑은 없는 거다, 나의 착각이었다, 모든 게 허상이었던 거다!' 세뇌하듯 스스로를 다독이며 견딜 수밖에 없었다.

　그러던 어느 날, 나는 내가 '배알도 없는 년'이라는 걸 깨닫고 말았다. 그건 내 마음속 깊은 곳에서 들려오는 어떤 속삭임 때문이었다.

"아, 다시 사랑하고(받고) 싶다. 누군가를……."

고기도 먹어 본 놈이 먹는다고, 긴 연애 동안 늘 누군가
와 함께하는 일상에 길들여진 나는 혼자 남겨진다는 게 죽
을 만큼 견디기 힘들었다. 다시 누군가와 함께하기를 미친
듯이 원하고 있었다. (고기 실컷 먹고 며칠간 물렸다가 다시 생
각나는 그런 이치인가.)

그러나 세상에 육식주의자가 있으면 채식주의자도 있
는 법. 다시 한 번 불판 위에 올려 맛있게 익어가는 고기를
보며 입맛을 다시듯 연애를 갈구하는 나 같은 사람이 있는
가 하면, 그깟 거 씹기도 귀찮다며 '사랑 따위 난 몰라'를
외치는 이들도 적지 않다. 10년 가까이 연애와는 담쌓은
모 선배는 이제 연애고 사랑이고 다 귀찮게 느껴진다고 했
다. 혼자 지내는 시간에 익숙해져서 누군가를 위해 무언가
를 맞추고 희생하는 게 무슨 의미가 있나 싶다는 거다. 또
어린 후배는 누군가와 연애를 하다 보면 결혼을 생각해야
하는데 그게 두렵다고 했다. 자기 자신 하나도 보듬지 못

하는데 남편이며 남편과 함께 딸려 올 시댁이며, 20년 이상 책임질 미래의 자식까지 짐스럽게만 느껴진다고 했다.

그 주장도 일리가 있었다. 이십 대에도, 삼십 대에도 실패한 일을 굳이 이 나이에 다시 시작해야 하는 걸까? 아니 시작하는 게 옳은 걸까? 불확실한 일에 내 삶의 에너지를 투자한다는 게 그들의 말처럼 무모하게 느껴졌다. 이제 나는 모험보다는 안전한 삶을 선택해야 하는 나이가 아닐까? 합의점을 찾지 못한 채 고기 냄새를 풀풀 풍기며 집으로 향하던 중 거리에서 스케이트보드를 타는 젊은 친구들을 보았다. 기세 좋게 타다가 바닥에 꽈당 넘어지는 모습을 보니 떠오르는 장면이 있었다. 중학교 무렵이던가, 잠깐 인라인스케이트를 배우려다가 호되게 넘어진 이후 바로 포기했던 기억이었다. 그 뒤에 어떻게 됐더라? 무용지물이 된 인라인스케이트는 사촌에게 넘어갔고, 더는 인라인스케이트를 타지 않았다. 그러니 더 이상 다치는 일도 없었다. 하지만 더는 아무 일도 일어나지 않는 무료한 나날을 보냈던 것 같다. 무릎에 남아 있는 그때의 흉터를 보니 넘어졌던 그 순간이 생생히 떠오른다. 그런데 그때의 아팠던 통증보다 보드의 스피드에 들뜨고 흥분했던 기분이 더 생생하게 다가온다. 불완전했지만 그래도 호기심을 가지고 뭔가를 끊임없이 시도했던 그때가 말이다.

———

내 삶의 추억이라고 되새김질할 만한 기억들은 크고 작은 사건 사고가 벌어지고, 그로 인해 생겼던 무수히 많은 상처들이 모인 집합체가 아닐까. 패기와 열정은 잦아들고 조심스러움과 두려움이 커져 버린 나이지만, 그렇다고 상처받을 일을 미리 두려워한다면 내 인생에는 아무 일도 일어나지 않겠지. 그 인생은 행복할까? 그것 역시 알 수는 없다. 하지만 판 위에 새겨진 가느다란 홈의 궤적을 따라 음악이 흐르는 LP판처럼, 경험에서 비롯되는 상처의 궤적을 두려워한다면 내 삶 속의 재잘거리는 추억 소리도 들을 수 없겠지.

그래서 나는 결심했다.

다시 놓치고, 넘어지고
아프고 좌절하고 죽을 만큼 힘들어도
다시, 사랑하겠노라고…….

아니, 다시 사랑하고 싶다.
또 놓치고,
넘어지고,
아프고,
그래서
죽을 만큼 힘들지라도

열렬히, 다시.

## 나만
## 아무 일도
## 일어나지 않는다

2016년 12월 15일 초판 01쇄 발행
2017년 01월 05일 초판 03쇄 발행

–

| | |
|---|---|
| 글 | 한설희 |
| 일러스트 | 오지혜 |

–

| | |
|---|---|
| 발행인 | 이규상 |
| 단행본사업부장 | 임현숙 |
| 책임편집 | 이소영 |
| 편집팀 | 이소영 정미애 윤채선 |
| 디자인팀 | 장주원 장미혜 |
| 마케팅팀 | 이인국 최희진 전연교 김새누리 |

펴낸곳  (주)백도씨
출판등록 제300-2012-170호(2007년 6월 22일)
주소 03043 서울시 종로구 자하문로 58 강락빌딩 2층(창성동 158-5)
전화 02 3443 0311(편집) 02 3012 0117(마케팅)
팩스 02 3012 3010
이메일 book@100doci.com(편집 · 원고 투고) valva@100doci.com(유통 · 사업 제휴)
블로그 http://blog.naver.com/h_bird  나무수 블로그 http://blog.naver.com/100doci
페이스북 · 인스타그램 100doci

–

ISBN  978-89-6833-119-0  03810
ⓒ한설희, 2016, Printed in Korea